小学館文庫

風間教場

長岡弘樹

小学館

風間教場

1

朝一番の校舎内を歩くのは嫌いではない。

職員用の昇降口から教官室までの百五十歩分は、昔を思い出させてくれる貴重な距離でもあった。自分もまたこの警察学校に籍を置いた学生だった昔を。

ただし、その中間地点、七十五歩を進んだところには、ちょっとした〝難所〟が待っている。

今日もそこで、風間公親《かざまきみちか》は立ち止まった。

体の向きを左に変え、緩い角度で見上げたのは校内の掲示板だった。

『電子決裁システムの仕様変更』、『警察共済組合から貸付利率についてのお知らせ』、『各出先機関への特別補助金の交付について』……。

昨日のうちに何枚もの文書が新しく張り出されていた。それらの標題にざっと目を通したあと、風間は息を止め、視線を右上に上げた。

五十センチ×三十センチほどのスペース。A3判一枚分の面積に画鋲《がびょう》留めされている紙は一枚もなく、掲示板のその部分はくすんだ黄色のコルク地を覗《のぞ》かせているだけだった。

静かに安堵《あんど》の息を吐き出しつつ、風間はその場所を離れた。

三月最後の週――。

次期学生の入学を控えた教官室には、まだ午前七時前とはいえ、すでに慌ただしい空気が漂い始めていた。

風間は自席に着き、抽斗《ひきだし》に鍵を差し込んだ。バインダーに綴《と》じてある書類の束を取り出す。

――一番。漆原透介《うるしばらとうすけ》。丸顔で目は垂れ気味。一九九＊・八・四。一六九。六三。二・一。T県Y市M町。私立C大経済学部。料理。鉄道模型作り。漢字能力検定2級。

――二番……。

出席番号、名前、容貌、生年月日、身長、体重、BMI、出身地、最終学歴、特技、趣味、資格。四月から担当する学生のプロフィールを、出席番号順に読み始めて間もなく、教官室のドアが開いた。その音には、この部屋では普段は聞き慣れない〝若さ〃という勢いがあった。右目を失ってからというもの、聴力の方は冴《さ》える一方だ。

「おはようございますっ」

入口で上がった、活気に満ちた男の声を耳にし、風間の記憶は瞬時にして二年前に飛んだ。

「おう、元気でやってっか？」

「あんま変わってねえな」

声の主が在校していたころを知る教職員たちが、振り返っては手を上げて彼に挨拶を返す。

「お久しぶりですっ、失礼しますっ」

その若い男は、プロボクサーがダッキングをするかのようなきびきびとした仕草で左右に頭を下げながら、一直線にこちらへ向かってきた。

「教官、ご無沙汰しておりました」

風間は椅子に座ったまま、彼——宮坂定《みやさかさだむ》を見上げた。

思わず目を細めていた自分に気づき、風間の方から視線を逸《そ》らした。座れ、と手近にあった来客用の丸椅子を指さす。

「はいっ。世話係にご指名くださり、ありがとうございました」

「よけいな仕事を頼まれたんだ、正直、迷惑に思っているだろう」

「とんでもありません。自分がさんざん学生時代につらい思いをしていますからね。そうなると、できるだけ後輩たちの力になってやりたいと思うものです」

たしかに、それが自然な心理というものかもしれない。

最初の一週間は仮入校期間で、学生たちには「世話係」と呼ばれる先輩警察官がつく。風間は、かつての自分の教え子、宮坂に来てもらうよう、手配をしていた。彼は現在、K署の地域課に勤務しているが、仮入校の期間は、新入学生と一緒に寝泊まりして指導に当たる手筈《てはず》になっている。

仮入校を三日後に控えた今日、宮坂が卒業してから新しくできた施設や学生寮について、事前に案内しておくため、こうして来てもらったのだった。

「つい興奮して、朝からでかい声を出してしまいました。申し訳ありません」

「かまわん。──そんなに喜んでもらえるとは、頼んだこちらとしてもありがたいことだ」

「そりゃあ喜びますって。四月一日が待ち遠しいですね。教官の気分を味わえるに違いありませんから」

「たしかに、気合は十分といったところだな」

風間は宮坂の頭部に目をやった。まさか丸刈りにしてくるとは思ってもみなかった。

「この頭ですか？　こうしないと、どうも学校にいる気分がでないものですから」

宮坂は束子《たわし》のような頭頂部に手をやった。目をつぶって手を動かす。ショリショリという音とともに、彼の表情に喜悦の色が浮かんだ。

「好きなんです。この感触」

「分かるよ」

同じ感想を漏らす男子学生は珍しくない。

「この頭はまるでタイムマシンですね。こうやって撫《な》でていると、入校当時に時間が戻った気がします。自然と初心に帰れるんです」

宮坂が卒業したのが、一昨年の九月末。別人のように、とまではもちろん言わないが、あれから一年半で、体に厚みが増したのは確かだ。

「なかなか頼もしくなったな」

「もしかしたら、無駄に太っただけかもしれませんよ。悪い先輩から、何かというと酒ばっかり飲まされてますから」宮坂は腕時計に目をやった。「おっと、約束の時間よりだいぶ前でしたね」

「気にするな」

「でも、お忙しい最中ではありませんか」

「いや、そうでもない。学生のプロフィールを読み直していただけだ」

宮坂は机上のバインダーに顔を向けた。

「……その状態で、ですか」

【第百二期　初任科短期課程　風間教場学生名簿】――そう題されたバインダーは閉じたままになっている。

「ああ。先日、一度目を通したからな」

「つまり、このバインダーに綴じてある紙ではなく、脳内に記憶しておいたデータを読み直していた、というわけですか」宮坂はあっけにとられた顔を見せ、ややあって口の端から歯を覗かせた。「相変わらずですね」

「これはきみのために準備しておいたコピーだ。持っていくといい」

風間はバインダーを持ち上げ、宮坂の前に置いた。

「ではお預かりします。――失礼ですが、教官、少しお疲れのようですね」

「毎年、この時期は特にな」

「うまくいっていますか？　その人とは」

宮坂は座り直して腰を折った。声を潜《ひそ》め、視線を教官室の東壁に向ける。壁の向こう側が校長室であることは、そこに設けられた両開き木製ドアの重々しさがよく伝えていた。

「心配には及ばんさ」

校長の久光成延《ひさみつしげのぶ》は、県警交通部の参事官から、今春の異動であのドアの向こう側にやってきた男だ。悪い人間ではないが目立ちたがり屋。新しいポストに就くたびに何かパフォーマンスをやらずにはいられない。そんな評判は、宮坂のような若手の耳にも届いているようだった。

「いまのところは仲良くやっているよ」

警察は出世競争の厳しい世界でもある。自己アピール癖の強い人間は別段珍しくもない。

「一つ、管内交通事故ゼロの月を作ってみたいんだが、どうだ。やれないか？」

口よりも鼻から出る空気の量が多いのではないか。そう思わせる耳障りな声。宮坂の物真似《ものまね》は久光の特徴をよく捉えていたため、風間は笑いを押し殺すのにやや苦労した。

「去年、うちの署長にそんなことを言ったのを間近で耳にしました。週ならまだしも、無事故の月なんて無理に決まってますよね。そういう無茶を平気で言うんですよ、あの人は。どうかお気をつけください」

「分かった。忠告をありがとう」

宮坂の視線がこちらの右隣にある座席へと移った。

「平《たいら》助教はまだいらしていないようですね」

「ああ。あとで紹介しよう。彼女が出勤してくるのは、いつもだいたい八時過ぎだ。──きみはいまでも刑事志望か」

「ええ」

「ならば、助教から何かいいアドバイスをもらえるかもしれんな」

「実はそれを期待していました」

刑事課が花形部署だと考える風潮は、いまでも根強い。その刑事課からあえて警察学校へ異動の希望を出し、それが通った平優羽子《ゆうこ》という存在は、この組織ではかなり異色と言えた。

「あれ、これは何です?」

宮坂は丸椅子からわずかに腰を浮かし、優羽子の机に顔を近づけた。デスクマットに白い封筒が一通挟まっている。

「……退職願」

宮坂は封筒の表面に書いてある文字を口にした。

「どうして助教は、こんなものをこんな場所に置いておくんでしょうか」

「その理由も彼女から教えてもらったらどうだ」

そうしてみます、と答えた宮坂の横顔にわずかな翳《かげ》りが差した。

2

宮坂の案内を終えて教官室に戻ったときには、午前九時を少し過ぎていた。すでに在校生の授業は始まっているが、今日の風間には教壇に立つ予定はなかった。

自席に歩み寄る。

その隣、平優羽子の席に目をやると、さっきまで片付いていた机上に、書類や筆記用具が載っていた。だが出勤した気配こそあるものの、他の部署にでも用事で出掛けたか、彼女の姿はそこにはなかった。

腰を下ろそうと椅子の背を引いたとき、事務職員が近づいてきた。

「風間教官。校長がお呼びですよ」

礼を言い、いったん引いた椅子を机に押し戻した。

教官室の隣にある個室に入ると、校長の久光は窓際に立ち、こちらに背を向けていた。

「ここから見えるあの花壇だが」久光はガラス窓の向こう側を指さした。「風間くん、きみはときどき、あそこで花の手入れをしているね。そんなに植物が好きなのか」

「そうでもありません」

「ほう」久光はようやくこちらを向いた。「じゃあどうしてちょくちょく花壇に足を運んでいるんだ」

「気持ちが休まるからだと思います」

だから、土をいじっているときにふと思うのだ。逆に自分が花に世話をしてもらっているのではないか、と。

「たしかにな。そのうち、おれにも花壇作りを手伝わせてくれないか」

「こちらからお願いします」

「ありがとう。――まあ、掛けてくれ」

久光は来客用のソファを手で示し、風間が腰を下ろす前に、カマキリを思わせる細身の体を上座に落とした。

「しかし丸くなったな、きみも」

それが、座って対峙《たいじ》してから久光の放った第一声だった。

「そうでしょうか」

「ああ。きみの表情を見れば分かる。冷酷非情な鬼教官――県警内部に立ったそんな噂《うわさ》を、かつてはわたしもよく耳にしていた。しかし、こうして向き合ってみると、正直ちょっと拍子抜けだ。さすがに疲れが出たようだな」

「面目ありません」

突然、久光は顔面から表情を消し去った。レンズの奥にある双眸《そうぼう》に鋭い眼光を宿し、テーブルをまたぐようにして、ぐっと顔を近づけてくるや、

「わたしを甘く見るなよ」

押し殺した声で、そんな一言を放った。

かと思うと、すぐに元のようにふっと頬を緩め、はっ、と自嘲気味に笑ってみせた。

「――こんな具合に凄《すご》みのある教官を期待していたんだよ、わたしは。学生たちを容赦なく締め上げる古参の軍曹タイプを。だが、まあ、いまさらそんなことを望んでもしかたがないな。――で、宮坂くんとどんな話をした」

「他愛《たわい》のない昔話だけです」

「彼はできる学生だったそうじゃないか」

「そうでしたが、本当に試されるのはこれからです」

学生時代に優秀でも、卒業してからその能力を十分に活《い》かせるかどうか。活かせて初めて本当に優秀だと言える。

「できる男はもう一人いると聞いているよ。他ならない風間くん、きみだ」

久光は眼鏡を外し、レンズをティッシュペーパーで拭いた。

「刑事指導官時代にもいろいろ評判は耳にしていたが、ここに移ってからも、持ち前の手腕をいかんなく振るっているそうだね」

眼鏡をかけ直した久光と正面から視線が合う。しかし風間は何も答えなかった。

「わたしがいる間にも、ぜひその能力を発揮してほしいと思うわけだよ」

そんなことを口にしたあと、久光は、テーブルに向かって身を屈《かが》めた。そこにはあらかじめ一枚の書類が置いてあった。

久光の骨ばった手がこちらに滑らせてよこしたその書類に、風間は目を走らせた。年度と数字の書かれた表が記載されている。風間は見た瞬間に、その数字の意味を理解していた。

「何の数か分かるかな」

「途中で辞めていく学生の数ですね」

「そう。落伍者《らくごしゃ》の数だ。毎年十人は下らない。せっかく採用した人間が辞めてしまうと教官の責任にされてしまう。だから教科も術科も、わたしが学生だった時代と比べれば、信じられないほど大甘《おおあま》になった。にもかかわらず、この数字だよ」

久光はソファから立ち上がった。

「そこで考えたわけだ。来年度は一つ、落伍者ゼロの教場を作ってみよう、とな。その仕事を、風間くん、きみに任せたい」

風間は用紙に目を落としたままでいた。

「一週間の仮入校の間に辞めていく者はそれでいい。ただし正式に入校式を終えた直後からは一人も許さん。いいな。もし一人でも学生が辞めることになったら、どうなるか分かるか」

風間は顔を上げ、校長の方を見た。

「もう一人にも辞めてもらう、というのはどうかな。その教場の責任者にもな」

久光はじっと風間を見返した。

「どうだ？　成し遂げられそうか」

「現段階では何とも言えません」

「まあ、そう心配するな。幸い、今回の連中は総じて出来がいい」

たしかに、採用試験の結果について言えば、次期の学生が取った点数は例年よりも高かった。体力に問題のありそうな者もいない。もっとも、予算の関係で採用人数を一クラス分だけに絞ったのだから、少数精鋭といえる人材が集まったことに、それほど不思議はない。

「おそらく、成績不良を理由に、辞めたくない学生を辞めさせる、というケースはあまり出てこないだろう。だから風間くん、次期のきみは、学生たちを篩《ふるい》にかける鬼教官である必要はないはずだ。その反対だよ。きみにはこの半年間、その逆でいてもらうことになる」

逆――。

つまり、辞めたいと望む学生を辞めさせない鬼教官でいろ、ということだ。

校長室から教官室に戻って真っ先に目に入ったのは、隣席の白いブラウスだった。

「世話係の宮坂くんは、もう帰ってしまったんでしょうか」

おはようございます、を別にすれば、それが平優羽子の第一声だった。

「ああ。彼も助教に会いたがっていたよ」

「すみません」頭を下げたあと、彼女は独り言のように呟《つぶや》いた。「もうちょっと早く起きればよかったな」

「気にすることはない。三日後にまた来る」

そのあとは一週間、顔を突き合わせっぱなしになるだろう。

「ですね」ここで優羽子は声のトーンを落とした。「いま、校長室から出てこられたようですが、何か打ち合わせでもされていたんですか」

隠すことでもないだろうと判断し、久光から受けた指示を伝えたところ、優羽子は長い睫毛《まつげ》を撥《は》ね上げ、目を見開いた。

「それは素晴らしい提案ですね」

「ほう。そう思うか」

「もちろんです。ぜひチャレンジするべきですよ」

「さっき宮坂と話をしたところ、彼は、見込みのない者はどんどん辞めさせるべき、という立場だったが」

「そんな。最初から何でも上手《うま》くこなせる人間はいません。学生が失敗しても――」

そのとき、すぐ近くでコロンコロンと軽やかな音が聞こえた。

優羽子がまたぺこりと頭を下げ、こちらに背を向けた。彼女のスマホは、平均して一日に二十回程度小さな着信音を立て、友人からのメールがあったことを主《あるじ》に知らせる。

「マナーモードにし忘れたのは、これで何度目だ」

優羽子は両手の指を折り、六か七まで数えたあと、肩をすくめる仕草をしてみせた。

「反省してます」

「大事な用だったか」

「いいえ。友達からの、ただの愚痴メールでした」

「どんな」

「今年の夏、女性警察官の制服更新が決まったんですが、そのデザインがダサ過ぎる、と」

ふっと風間は笑った。やたらと耳の早い友人を何人か抱えている優羽子は、校内でも屈指の情報通と言っていいに違いない。『女性警察官の制服更新について』と題された告知文書が張り出されるのは、おそらく今日の夕方か明日の午前中ぐらいだろう。優羽子と一緒にいれば、掲示板がまるで古新聞のように思えてしまう。

「ええと、どこまでいきましたっけ……。そうでした、学生が失敗しても、あまり厳しくする必要はないと思います、というのがわたしの意見です。長い目で見てやりましょう」

「すると宮坂とは喧嘩《けんか》になるな」

「お言葉ですが喧嘩にはなりません。助教と世話係では、どちらの権限が強いとお思いですか。考えるまでもありませんよね」

「では教官と助教ではどちらが強いかな。わたしが宮坂の意見に賛成だと言ったらどうする」

「……また〝教助戦争《きようじよ》〟の勃発ですか」

優羽子は視線を落とした。その先には白い封筒があった。

「退職願」の三文字に、風間もちらりと目をやった。

3

事務棟の二階は静まり返っていた。

廊下の柱に設置された鏡の前でいったん立ち止まり、わずかに傾いていたネクタイの位置を直す。そうしてから、廊下に並んだ窓の一つの前に風間は立った。

四月初日——。

青い匂いを放つ人影が、次々と校門を通ってくる。

午前九時半から始まった仮入校の受付業務は、すべて在校生が担当することになっていた。この伝統はありがたい。事務仕事に煩わされることなく、入校してくる新人たちの姿を、この窓から静かに観察することができる。

彼らは門を通り、案内の看板に導かれながら、昇降口前に設けられた受付のテーブルへと向かう。所要時間にすれば三十秒ほどにも満たない間の行為でも、身のこなしからだいたいの性格が分かって興味深い。

そのとき、横の方で足音がした。同時に、ラズベリーの香りが仄《ほの》かに漂ってきたせいで、近づいてきたのが優羽子だと分かった。

「宮坂とはもう会ったか」

「はい、つい先ほど。わたしが廊下で宮坂くんの姿を見つけて近寄っていったとき、彼は鏡の前に立っていたんですけど、そのときどんなふうにしていたと思います？　――こうです」

優羽子は腕を組み、目をすっと細め、眉間にごく浅い皺《しわ》を作った。口を真一文字に結ぶことで表情を消し去る。

「わたしが思うに、あれは風間教官の真似ですね」

優羽子は眉間から皺を消し、腕組みを解いた。

「さっき聞いた話ですけど、宮坂くんは、ここの学生だったとき、風間教官が怖くてしかたがなかったそうです。何を考えているのかまったく読めなかったから、というのがその理由です」

同じ感想を他の学生からも聞かされたことがあるが、風間は黙っていた。

「自分も教え子から舐《な》められないよう、宮坂くんは、この一週間、できるだけ内面を隠すつもりでいるんじゃないでしょうか」

そう言って優羽子は歯を見せた。破顔しても頬のラインは整った曲線を保っている。

「ならば、夜中の非常点呼は、全部彼に仕切らせてみるか」

「それがいいかもしれません。――それに教官、今朝はわたし、もう一人会った人がいるんです。出勤する途中で。誰だと思います？」

お手上げだな、の意味を込めて、風間はかすかに首を振った。

優羽子と共通の知人となれば、十中八九、過去に担当した教え子ということになるのだろうが、ヒントも何もないのではさすがに見当がつかない。

「紀野《きの》ですよ。あの紀野理人《まさと》です」

あの、に優羽子はひと際力を込めた。その瞬間、わずかに声が裏返った。

感情の乱れを悟られることを怖《おそ》れたか、優羽子は「いやあ」とわざとらしく明るい声で続けた。

「卒業から半年しか経《た》っていないのに、ずいぶん懐かしい気がしました」

紀野理人――たしかに、風間にとっても「あの」がつく学生だった。卒業時は二十五歳。学生時代はラグビー部でならした。補欠だったようだが、足の速さでは部内一だったと言っていた。仲間を大事にする学生だった。この仕事に私情は禁物と教え込んだが、どうしてもそれができないところがあった……。

「そうか。どこで会った？」

「三丁目の交差点で信号機が故障していたんです。そこで交通整理をしていました」

「変わりはなかったか？」

「ええ。留年した気分ですよ、と笑っていました」

三丁目の交差点――この学校から西に二百メートルばかり行ったところだ。K駅の方向から来た場合、その交差点にある横断歩道を渡ってすぐ右に曲がれば、あとは一直線でこの学校へ到達できる。勤務地が学校からほど近い交番となれば、なるほど卒業した気になれないのも無理はない。

「風間教官によろしくとも言っていましたよ。こんなに近いところにいながら、卒業後、一度も顔を出さずにすみません、とも」

あの交差点にはK署の地域課が設置した街頭カメラがある。それで記録された映像でもかまわないから、できることなら教え子の姿を見たいものだ――そんな思いが脳裏を掠《かす》める。

「ああ、来てる来てる」優羽子もガラス窓に額を近づけた。「いよいよ始まりますね」

「助教。きみには、どんな思い出がある？ 仮入校の期間中に」

校門の方へ目を向けたまま訊《たず》ねてみると、視界の端で優羽子が指先を顎のあたりに当てたのが分かった。

「いろいろありましたけれど……清掃奉仕の最中に、わたしだけ呼び出しを受けたことがあります。十五分以内に学校に戻って教官室に来い、と」

「ほう。何かやらかしたのか」

「その前日に、非常点呼に遅れたんです。それで教官の怒りを買ってしまいまして。そのときはK駅前にいたんですが、死に物狂いで走って戻りました」

K駅から学校までの距離は三キロ弱。十五分で走るには相当必死になる必要がある。

「では、一足先に挨拶してきます。あのひよっこ連中に」

優羽子が離れて行ったあとも、風間は動かず、じっと窓の外に目を向け続けた。

仮入校の受付締め切りは、午前十時半。

その受付時間ぎりぎりになって駆け込んできた学生がいた。血相を変えている。

風間は、頭の中に入れてあったプロフィールの顔写真とその学生の相貌を脳内で照合した。今日は門出にふさわしく、よく晴れた。ここからだとやや距離があるものの、強めの春光が、学生の目鼻立ちをくっきりと浮かび上がらせたせいで、照合作業はすぐに済んだ。

丸顔で目は垂れ気味。

あの顔ならば、出席番号一番の漆原透介に違いなかった。

仮入校式は午後一時から開催された。

本入校ではないため簡素な式だった。会場は講堂ではなく体育館。所要時間も三十分に過ぎないし、家族の列席もなしだ。とはいえ、新人の中には感極まって涙ぐむ者もちらほらいた。

一方で、そわそわと落ち着かない様子を見せる学生も何人かいた。ある者は、ときどきスーツの胸ポケットに手をやっていた。そこにスマホがないのが不安なのかもしれない。受付を済ませたあと、新入校生たちはすぐに携帯電話を没収されている。

「優羽子助教も感無量といったところですね」

背後から宮坂が囁《ささや》いてきた。その言葉を受け、風間が優羽子の方を見やると、たしかに彼女は涙を流しっぱなしで、頻繁にハンカチを畳み直しては、それを目元に押し当てている。

ふと、失った右目のあたりにわずかな疼《うず》きを覚えた。

一つの記憶がよみがえったせいだ。

以前にも、優羽子の涙を見たことがある。

刑事時代、ある男に右目を千枚通しで刺された。その現場には優羽子もいた。彼女は必死にこらえていたが、しまいには耐えきれず滂沱《ぼうだ》と涙を流した。

顔の造作が整っているだけに、あのとき優羽子が見せた歪《ゆが》み切った表情は、今日に至るも脳裏に焼きついて離れないままだ。

意外なのは、あの悲痛な面持ちと、いまハンカチから顔を上げた際に覗かせている横顔が、妙に似通っている点だ。

晴れがましい場であるはずだが、彼女の目元、口元には意外なほど笑みがないのだ。だから彼女の両目から溢《あふ》れ出ているものは、どちらかと言えば感涙というよりは血涙とでも表現した方がまだしも正確だった。

「それにしてもちょっと厳しい顔つきですが」

同じく宮坂も気づいたらしく、そう言葉を添えた。

「だけど、まあ当然ですかね。これから始まる半年間は、みんなで楽しいピクニックってわけじゃありませんから」

「そうだな」

式は淡々と終了し、風間教場の学生三十七人は固まって体育館を出て行った。彼らはこれから第三教場で最初のホームルームに臨むことになる。

「そういえば、聞きましたよ、優羽子助教から」

第三教場へと向かう道すがら、宮坂はまた顔を寄せてきた。

優羽子助教。姓ではなく名の方で宮坂は呼んだ。学生たちも非公式の場ではその呼称を使っている。そのあたりに、優羽子の親しみやすいキャラクターの一端が表れていると言ってもいいかもしれない。

「何をだ」

「退職願の件です」

紀野の顔がまた浮かんだ。

「去年、ある学生の進退について風間教官と意見がぶつかり、そのときに書いた、と。——それは本当ですか」

ある学生――紀野理人は、決して優秀ではなかった。その点は本人も自覚していたらしく、「もう辞めたいです」と漏らしたことがたびたびあった。そこを優羽子が幾度となく励まし続け、やっとの思いで卒業させた。

実のところいまでも自問する。あれでよかったのか、と。

とっさの決断を迫られることの多い警察官という仕事に、情にほだされやすく理性的な判断力に欠ける紀野は、最も向かないタイプと言ってよかった。どうにか卒業できたとしても、長い目で見れば、彼はいずれ必ずトラブルに巻き込まれる。ひいては我が身を滅ぼす。それが風間にはよく分かった。

だが優羽子は、仲間を思いやる気持ちこそ警察官にとって何よりも大事と主張し、紀野に対する退職の勧告に強く反対した。もし紀野を辞めさせるなら、わたしもここを去る、と言って――。

「ああ、本当だ。助教には、わたしに服従する気はさらさらないらしい」

「強い人ですね。風間教官を相手に〝教助戦争〟を挑むなんて……。あの封筒を、風間教官の机に近い位置でデスクマットに挟んであるのは、自分の意見は主張させてもらう、という意思表示のつもりでしょうか」

――だろうな。

自分でも聞き取れないほどの小声で風間は呟いた。

4

第三教場に集まった学生の数は、去年と同じく三十七人――のはずだったが、廊下側の席が一つ空白になっていた。

教壇から数えてみたところ、やはり三十六人しかいなかった。

不在の学生が誰なのか、点呼形式で確認するまでもなく、すぐにピンときた。

「すみ、ませんっ。遅く、なり、ましたっ」

開始時刻をわずかに過ぎてから教場内に駆け込んできたのは、思ったとおり漆原だった。廊下側一番前の席に座ったあとも、激しく息を切らし、肩が上下している。

ホームルームの開始前、たしかに漆原はこの教場にいた。そして開始時刻までまだ時間があると判断してだろう、一度出て行ったのを風間は見ていた。

「遅れた理由を教えてもらいたい」

着席するのを待って問い掛けたところ、「トイレです。申し訳ありません」とか細い声で漆原は答えた。そしてあとは一切のやりとりを拒否するかのように、俯《うつむ》いてしまった。

「おい。ちゃんと教官の方を向けっ」

臨席していた宮坂が教場の隅で張り上げた怒声に、学生たちの肩口は一様にびくんと震えた。だが肝心の漆原はと言えば、顔こそ上げたが目は机に落としたままだった。

再度口を開きかけた宮坂を、風間は視線で制し、新しい教え子たち一人一人の顔をゆっくりと見渡した。

「ここの採用試験を受ける前のきみたちにはきっと、やりたい仕事、就きたい職業というものがあったと思う。警察官以外にな。それとも『そんなものはない。わたしは警察官一本槍《いっぽんやり》できた』という者はいるか」

挙手した学生はいなかった。

「目の前に紙があるな」

各々の机上には、あらかじめ配っておいた一枚の紙が置いてある。名前を書く欄以外は何も印刷されていないただのコピー用紙だ。

「そのなりたかった職業を、そこに書いてみてくれ。上半分にだ。下半分は空けておくように」

シャープペンシルを構え、学生たちが一斉に下を向いた。刈り上げたうなじの白さに、教場内の照度が上がったかのような錯覚を覚える。

「きみたちは卒業後、まずどこかの交番で仕事をすることになる。その後、適性や希望に応じて、各部署に配属されるわけだが、自分がどのセクションに進みたいのか、だいたい思い定めているところがあるだろう。紙の下半分には、そうした心に期す進路というものを書いてみてほしい」

シャープペンシルを走らせる音が止《や》むのを待ち、風間は紙を回収した。

一枚につき二、三秒ほどの時間をかけ、目を通す。そうしてから、三十七枚の紙をまとめてびりびりと破ると、学生たちはみな唖然《あぜん》として口を半開きにした。

「きみらの過去や未来など、わたしにはどうでもいい——そんなパフォーマンスに見えたかもしれんな。心配するな。そういう意味ではない」

風間は廊下側最前列の席へ顔を向けた。

「漆原。一から三十七までのうちで、ぱっと頭に浮かんだ数字を一つ口にしてくれ」

「……十八です」

「出席番号十八番。田崎良吾《たさきりょうご》。なりたかった職業は税理士か司法書士。進みたい部署は捜査二課。知能犯罪に取り組みたい。——田崎、どうだ？　合っているか」

窓際に座っていた体格のいい男子学生が立ち上がり、「合っています」と答えると、案の定、室内が騒がしくなった。宮坂が、立てた指を口の前にもっていくゼスチャーで軽く睨《にら》みをきかせても、ざわめきはすぐには収まらなかった。

「きみたちには、半年間でこのぐらいの域に達してもらうつもりだ。一度目を通した書類など、もう必要がない、というレベルにな。それができないと思う者は立ち上がってくれ」

起立した学生が一人だけいた。漆原だった。

「自信を持て、漆原。入校が許されたということは、そこまで成長する能力があるという証拠だと思え」

「……はい」

漆原の声には、まったく力がなかった。

今後の行動予定について、学生たちに細々《こまごま》とした指示を与える段になり、風間は教壇を降りた。ここからは優羽子の仕事だ。

彼女が前に進み出ると、男子学生たちの目が輝きを増した。七人いる女子学生は一様にショートカットだ。優羽子の、肩までかかるボリューム豊かな漆黒の頭髪は眩《まぶ》しすぎるようだった。

「起床時間は通常、午前六時。点呼には絶対に遅れないこと。個人の備品は個人の責任で管理すること。万が一、紛失の場合はすみやかに教官、助教、または世話係に届けるように……」

淡々と話す優羽子の目に、仮入校式で見せた涙はもうなかった。

「授業は通常八時半から。六十分授業で一日五教科。それから課外授業があり、自由時間になるのは五時過ぎから。夕食をとり入浴。どちらも混雑の具合を見て、手早く済ませること。八時からは自習。十時半に消灯……」

優羽子が説明を終えると、今度は宮坂が立ち上がった。細めた目をゆっくり左右に動かす。そうして教場内を睥睨《へいげい》しつつ無言を貫く。

学生の間にじわじわと緊張の波が広がっていった。それを宮坂自身も感じ取ったか、思い通りの効果に唇の端がわずかに吊《つ》り上がる。

「では」宮坂の口から出た声は少々芝居じみていた。「これからすぐにジャージに着替えろ。午後四時までにグラウンドに集合。その後十キロのランニングを行なう。いいな」

あとは優羽子と宮坂に任せ、風間は教官室に戻った。

書類仕事が残っていた。

自分で淹《い》れた茶を持って席に着く。

新しい教え子一人一人の顔が脳裏に浮かんだまま消えない。彼らがこの先どんな警察官人生を歩むのか。

出世競争に目の色を変え、ひたすら階段を駆け上がろうとする者。襟章についている星の数にはこだわらず、仕事の中に自分だけの楽しみを見出《みいだ》していく者。滅多なことではクビにならない公務員という立場に甘んじ、ずるずると堕落していく者。鳴かず飛ばずのまま現状を維持し、静かに定年まで勤め上げる者。各人各様に分かれていくことだろう……。

とめどもなく想像が入り乱れ、デスクワークがなかなか手につかない。

気がつくと、湯呑《ゆの》みに肘がぶつかり、茶を零《こぼ》しそうになっていた。

西側の窓では、事務職員がブラインドを下ろし始めている。

すっかり温《ぬる》くなった茶を一口啜《すす》り、風間は席を立った。このところ事務処理に追われ、花壇の世話をまったくしていなかった。

赤いアマリリスにも、白い芍薬《しやくやく》にも、黄色いマリーゴールドにも、申し訳ないことをした。枯れているものがあってもおかしくはなかった。

懺悔《ざんげ》の念を抱えて職員用昇降口に向かう途中、掲示板の前を通り過ぎようとして、だが風間ははたと足を止めた。

視界の隅に〝異物〟とでも言うべきものが入ったような気がしたからだ。

心臓の鼓動が聞こえ始めてきた。刑事の修羅場《しゅらば》で胆力は鍛えてきたつもりだ。ちょっとやそっとのことでは、この音を聞くことはない。

だが――。

拍動は秒を追うごとに高まっていった。

風間は掲示板へと顔を向けた。

まず目に入ったのは、新たに張り出されている事務連絡用の一枚だった。

【警察学校運営規程の一部改訂について

第八条を以下のとおり改める。

(旧)「学校長の許可を受ければ、病気その他の理由により休学又は欠講することができる」

(新)「学校長の許可を受ければ、病気その他の理由により休学又は欠講することができる。ただし一年ごとに許可の更新を要する」】

記載されている内容をざっと把握してから、さらにその右上へと視線を移そうとしたとき、

「さっきな」

前触れもなく耳障りな鼻声がし、風間は左側を向いた。すぐ隣に、いつの間にか久光が立っていた。

「どうした、驚いた顔をして」久光は怪訝《けげん》そうに眉根を寄せた。「おれの顔がそんなに珍しいか」

「いえ、すみません。校長がそこにおられるとは、気づきませんでしたので」

なぜだろう。久光はこれほど近くに立っていたのだが、その姿はまったく視野の中に入っていなかった。

「これは珍しい。きみのような抜け目のない男でも、ぼんやりすることがあるんだな」

いったん久光から目を逸らし、風間は何度か瞬《まばた》きをした。左の眼球をぐるりと回してもみる。

「話を続けていいか」

「失礼しました。どうぞ」

「さっきな、教場棟をぶらりと歩いてみたんだが、今日入ってきたきみんところの学生が、バタバタと校舎内の廊下を走り回っていたぞ。もう間もなくホームルームが始まろうとしている時間にだ」

漆原に違いなかった。

「何なんだ、あれは？」いかにも面倒を抱えたというように、久光は眉根を寄せた。

「本人から理由を聞いたか？」

「いいえ、まだです。申し訳ありません。調べてみます」

「ぜひそうしてくれ。……というより、ああいう変なのには、今日のうちにでも出ていってもらった方がいいんじゃないのか。その方がきみのためだぞ」

「宮坂をどう思います？　いま手伝いに来ている、あの宮坂です」

風間は問いかけた。久光の言葉が終わるか終わらないかというタイミングでの発語だった。一瞬、久光の表情に険《けん》が走ったのは、質問の意図が摑《つか》めなかったからというより、間の取り方が気に入らなかったせいだろう。

「優秀だと聞いていたし、実際にそのようだな。動きに無駄がない」

「では、驚かれるでしょうね。学生時代の彼が入学当初は不出来だった、と言ったら」

「なに？」久光は細い指で尖《とが》った顎をゆっくりと撫でた。「そうだったのか」

「ええ。ただし演技ですが。同期の友人を励ますために、出来の悪いふりをしていたんです」

顎を撫でる久光の指が止まった。妙な真似をするやつほど見込みがあるかもしれない――こちらの言いたいことを理解したらしい。

「とにかく、しっかり頼む」

顎から離した手の人差し指を一本だけ立て、それらしいポーズを作ってみせたのは、やや気まずさを感じたせいか。

「じゃ、先に失礼するよ」

久光は背を向け、昇降口の方へ歩き去っていった。

校長の邪魔がはいったのは幸いだったかもしれない。張り詰めていた気持ちに、わずかな余裕が生じていた。

一呼吸置いてから、風間は再び掲示板に顔を向けた。

やはり〝異物〟はあった。

右上、五十センチ×三十センチほどのスペースに、昨日まではなかったA４判の紙が一枚、四隅を画鋲で留めてある。

伝統的に、「殉職者が出た際の訃報専用」として設けられているその場所に――。

5

風間は腕時計に目を落とした。蛍光塗料を塗った文字盤が、現在の時刻を午前二時と伝えている。

気の早い蚊がいたらしい、左の耳が虫の翅音《はおと》を捉えた。

手で顔の前を払い、その騒音を追いやりつつ、昨日一日を簡単に振り返った。

施設管理課の職員に案内され、校舎内の設備を一通り見て歩く。それが二日目のカリキュラムのほとんどすべてだった。七日間のうちでは最も楽な日だと言えた。

──そろそろか。

腕時計から顔を上げると同時に、グラウンドに足音がし、暗闇の中に宮坂が姿を現した。

「予定どおり、寝坊助《ねぼすけ》どもを叩《たた》き起こしてきました」

入校から二日目の晩、正確には三日目の未明に非常点呼をかける。それは宮坂の出した案だった。

──五分以内にグラウンドに整列。布団は畳んでから出てこいよ。服はジャージのままでいいから遅れるなっ。

たったいま宮坂が寮の廊下で発してきたであろう怒声を想像しているうちに、学生たちがグラウンドに集まり始めた。

不慣れとはいえ、ここは厳しい場所という認識が彼らにはしっかりとあったらしく、ほとんど全員、四分以内にグラウンドに整列した。

姿を見せないのは一人——漆原だけだった。

「あと一分……。あと三十秒……。十……、九……、八……」

竹刀を手にした宮坂は、それを肩に担ぎ、時計を見ながらカウントダウンを始めた。

「七」の声とともに、人影が一つ夜のグラウンドに現れた。不格好なフォームに、内心の焦りがよく表れている。

「五……、四……、三……、二……」

宮坂が「二」をコールした時点で、まだ漆原の足は動いていた。

けっこうな内股だ。必要以上に膝を高く上げた、いかにもエネルギー効率が悪そうな走り方で近づいてくる。一見すると子供のようなフォームでもあった。

「はいアウト」

自分の立ち位置に到達する直前で、地面の凸凹に爪先を取られた漆原は、頭から地球に向かってダイブするかのような動きで盛大に転倒した。

その眼前に、宮坂は竹刀の先端を突きつけた。

「おまえ、仮入校の受付のときも、ぎりぎりの滑り込みだったよな。どうしてそう時間にルーズなんだ」

「分かりませんっ」

悲鳴のような声とともに、漆原は顔を上げた。

「子供のころから、時間の感覚が摑めないんです、どうしても。まだ余裕があると思っていると、時計の針が急に速く動き始めて、気づいたときにはもうぎりぎりになっているんですっ」

漆原の頬を涙が伝った。これに気勢を削《そ》がれたか、宮坂は、「次から気をつけろ」とだけ注意して退いた。その直後、

「おまえ！」

怒鳴り声がし、宮坂と入れ違いになる形で一つの影が漆原の前に進み出た。

優羽子だった。

「分からないだと？　ふざけるな！　おまえはそれでも警察官のつもりか！」

優羽子は身を屈め、まだ地面に膝をついていた漆原の胸倉を摑み、彼を引っ張り上

げるようにして立たせた。

「ここを卒業したら、おまえは人の命を背負うことになるんだぞ。ああ？」

漆原は口を開いた。恐怖に目を見開き、ぱくぱくと空気を吸い込もうとする様は、瀕死《ひんし》の金魚のようにも見えた。

「今度一秒でも遅れたら、おまえはクビだっ！」

6

仮入校期間中、教官、助教、世話係は、最低一度は学生たちと一緒に朝食をとる。伝統の一つであるその行事は、四月三日の朝に予定されていた。

風間が自席についていると、宮坂がやってきた。

「お迎えにあがりました」

会釈から直った宮坂は、隣の席を見やり、軽く訝《いぶか》る様子を見せた。

もう来ているはずの優羽子は不在。前回もあったシチュエーションだ。

「助教なら今日は休みだ。体調が悪いそうだ。――もちろん、これはもう見たな」

風間は、机の上に置いてある回覧板のクリップボードを手に取った。仮入校式があった日の夕方、掲示板の右上隅に見たあの忌まわしい紙。それと同じものが、いまボードに挟まれている。

「四月一日」の日付の下にある標題部は『職員の死亡について』とストレートなものだった。

「はい」宮坂は目を伏せた。「見ました」

亡くなった巡査の名前に、風間はもう一度目をやった。何度見てもそこにある肩書と名前は【K署地域課（＊町三丁目交番）紀野理人】としか読めなかった。

仮入校式のあった日の午前十時半ごろ、三丁目交差点で信号機故障にともなう交通整理の最中、紀野は突進してきた乗用車に撥ねられ、病院に搬送された。そして午後になって死亡が確認されたのだった。

宮坂と一緒に教官室を出て、学生食堂のある厚生棟へと続く廊下を歩いた。

「迂闊《うかつ》だった。勘違いしていたよ」

「……何をでしょうか」

「仮入校式の日、助教が泣いていた理由をだ」

訃報の書類が警察学校へ送られてきたのは、四月一日の夕方近くになってからだった。だが優羽子は式の前に、一足先に耳の早い友人からメールで紀野の死を知らされていたようだ。

そう説明してやったあと、風間はわずかに顔を上げ、視線を宮坂の頭部に向けた。

「……ゴミでもついていますか」

宮坂は手で束子のような頭を、さするようにして軽く払った。

「タイムマシンの効果はどうだ。入校当時の自分に戻れたか」

「……ええ。まあ、そうですね」

「ならばついでにランニングもしてもらおうか。グラウンドとは言わん。ここを走って、また戻ってきてくれればいい。ただし、初めてこの校舎に足を踏み入れた気分を保ったままだ」

どういうつもりですか。そう問い掛けたいのをこらえたせいか、「分かりました」の返事が一拍遅れた。

言われたとおりに宮坂は走った。履いているのは革靴だ。早朝の長い廊下にピチーン、ピチーンと反響した足音は、深い井戸に水滴が落ちる音に似ていた。

二十メートルばかり走り、曲がり角に突き当たったところで引き返してくる。そんな一仕事を終えて軽く息を弾ませているかつての教え子に、風間は一歩近づいた。

「何が見えた？」

「……はあ。廊下と教場のドア、あとは窓ぐらいですが」

「質問を変えよう。入校したばかりの学生が、始業時間そっちのけで廊下を走り回るという行為に出た場合、その理由は何だと思う」

「……普通に考えれば、トイレを探していたのではありませんか」

風間はその場で斜め上を指さした。この学校では、どの棟だろうがどのフロアだろうが、トイレの前には、このように男女のピクトグラムの描かれた目立つプレートを廊下に張り出している。

「これが見えないというのは変だろう」

「ですね」

宮坂はこめかみのあたりを掻《か》いた。指の曲がり方が苦しげだった。こちらの真意を測りかねて頭が混乱しているらしい。

ここで風間は、先日校長から教えられた話をしてやった。

「その走り回っていた学生というのは、うちの漆原ですね」宮坂もそう口にした。

「もしかしたら、みんなからはぐれて、教場の場所が分からなかったのではないでしょうか」

「いや、漆原はいったん第三教場に入った。そしてホームルームの開始まで時間があるとみるや、出ていった」

「そうですか。……でも、何かを探していたというのは間違いないと思います。わたしの場合は、無事に仮入校したことをどうしても実家に伝えたくて、休憩時間に公衆電話の場所を必死に探したのを覚えています。漆原も、似たような状況にあったんじゃないでしょうか」

「電話か……」

仮入校の手続き後、携帯電話は学校側が預かっていた。

――もし情報ツールが手元にあれば、走り回る必要はなかった。

そういうことかもしれない。

廊下の突き当たりを右に折れ、厚生棟へ入った。

食堂の前で風間は足を止める。入口横の廊下にも書類の掲示スペースがあり、紀野の訃報が張り出されていた。

食堂内はやけに静かだった。学生たちはもう全員テーブルについているようだ。この場を監督している他教場の世話係が、私語を厳しく禁止しているらしい。ドアの向こう側から聞こえてくるのは、咳払《せきばら》いや椅子の脚を引き摺《ず》る音ぐらいだ。

「宮坂。朝食をとったら、いったんK署に戻ってくれないか。そこで手に入れてきてほしいものがある」

「それは何でしょうか」

「彼の姿だよ」訃報の告知に顔を向けながら風間は言った。「最後の姿だ」

いまの言葉だけで、宮坂にはこちらが何を欲しているのか見当がついたようだ。

「承知しました」と小さく頷《うなず》き、一歩前に出て食堂の扉を開けた。

風間と宮坂が着席すると、みなが一斉に箸を取り、一転、食堂内には食器のぶつかる音が満ち溢れた。

風間と対面する位置にいるのは漆原だった。そのような席の配置にするよう、あらかじめ宮坂に申し伝えてあった。

漆原はまるで食が進まない様子だった。顔色も悪く、頬には赤味の欠片《かけら》もない。箸の運びは緩慢で、周囲の学生たちと比べれば、一人だけ両腕に錘《おもり》をつけているかのように見えた。

「今日の授業が終わったら、自室の前で待っていろ」

風間の指示に、漆原は顔を上げた。目に怯《おび》えの色があった。

朝食後、学生たちは休む暇もなく次のカリキュラムに移った。体力測定、教練、制服採寸……。三日目の今日も予定が詰まっている。

教官にとっても、四月初旬は一年の中で時間の流れが特に速くなる時期だ。教練の授業を終え、宮坂にK署から持ってきてもらったものを確認した頃には正午を回っていたし、制服採寸に立ち会っているうちに、西日が作る影はかなり長くなっていた。

午後五時に、風間は「さきがけ第三寮」に出向いた。

二一四号室。漆原はドアの前で直立の姿勢で待っていた。

校舎内がそうであるように、学生寮内にもいたるところに姿見が設置されている。手近にある一つの前に、風間は漆原を立たせた。

「敬礼をしてみてくれないか。さっき習ったばかりのとおりやってくれればいい。簡単だな」

漆原は右手を上げた。肘を折り曲げ、指先を額のあたりに持っていく。

「そうだ。ただし手の平は湾曲させるな。最初に覚えるコツは、肘と肩をだいたい同じ高さにすることだ」

漆原は緊張の鼻息とともに頷いた。

「しばらくはそのままの姿勢だ。——ところで一つ訊《き》くが、初日のホームルームに遅刻したことを覚えているな」

背筋こそ伸びているが、漆原の口から出た「はい」の返事には震えが混じっていた。

「その件で、ある人がお冠だったぞ。誰だと思う」

「分かりません」

「校長だ」

その漢字二文字に畏怖の念を覚えたか、漆原の背筋がさらに伸びた。

「ホームルームに遅れたのは、校舎の廊下を走り回っていたからだそうだな」

漆原の額に脂汗が浮かんだ。誰かに見られていたことにすら気づかなかったらしい。ならば当時は一種のパニック状態にあったとみていいだろう。

「どういうことだ。きみの口から説明してくれないか」

漆原の喉がごくりと音を立てた。

「言いたくないか」

迷う素振りを見せつつも、結局は首を縦に振った。

「なら、わたしが代わりに答えてみよう。これは、久しぶりに難しい問題だった。なかなか答えに見当がつかず、さんざん考えたよ。わたしの得た解答はこうだ。――あのとき、きみは、校舎内であるものを探していた。そうだな」

風間が目を細めると、漆原は喘《あえ》ぐようにして頷いた。

「入校したばかりだから、それがどこにあるか分からなかった。だから走り回って探したわけだ」

敬礼の肘が下がる。風間は横から手を添え、高さを戻してやった。

「そのあるものとは、もし携帯電話のような情報ツールを持っていれば、探さなくても済んだかもしれないものだ。違うか」

漆原の首は、今度は横に振られた。違わない、ということだ。

「答えは、掲示板だな」

「……はい」

「つまり、きみには、どうしても気がかりなことがあった。一刻も早く、ある出来事の結果を知りたかった。つまり、その日の午前中に起きた交通事故の被害者がどうなったのかを」

敬礼の腕が震え始めた。

「それは全国的なニュースになるに違いなかった。だがスマホがなくて記事を閲覧できない。とはいえ、その情報は校舎内の掲示板に張り出されるはずでもあった。なぜなら被害者がこの地域を管轄する署の警察官だったからだ。だから走り回って探した。そういうことだな」

頷きとともに、また肘が下がった。今度は自分で修正する。

「先日、助教から言われた言葉を、まさか忘れてはいないだろうな」

「……覚えています」

「言ってみろ」

「『ここを卒業したら、おまえは人の命を背負うことになるんだぞ』です」

「わたしならそうは言わない」

風間は漆原の背後に立ち、鏡の中から彼の目を覗き込んだ。

「きみはもう人の命を背負っているからだ」

ずっと荒かった漆原の鼻息がここで止まった。口からすっと息を吸い込んだせいだった。

7

午前八時前。教官室に職員の数は少ない。窓外の木に止まった鳥の囀《さえず》りは、人の話し声に邪魔されることなく、まだはっきりと耳に届く時間帯だ。

風間は目を閉じた。

伊佐木陶子《いさきとうこ》、杣利希斗《そまりきと》、田崎良吾、戸北敦《ときたあつし》、水沼唯《みずぬまゆい》、矢部壮一郎《やべそういちろう》……。

記憶してある学生のプロフィールを頭の中で読み返しながらリストアップした名前は、全部で十一名だった。みな、父親か母親、あるいは兄弟姉妹のいずれかが警察官という出身の学生たちだ。

一教場の学生を約四十人とすれば、そうした〝警察一家〟の学生は、毎回だいたい十二、三人いる。約三割だ。今期もその例に漏れない。

警察一家の場合、採用するときに便利なのだ。警察では採用試験に合格すると、身元調査をする。しかし、家族が警察官であれば、その必要もない。

身内に警察官がいることを、利点と捉える者もいれば、重荷に感じる者もいる。あるいは、まるで意識していない者も。そのあたりはさまざまだった。

採用試験を受ければ、願書に記載されたデータから、その受験者が身内に警察官を持つ者かどうか判明する。

それでも面接試験の際、親族の誰かが警察官であると、ことさらアピールする者がいる。この場合は、かえってマイナスの評価が下される。自ら積極的にこの道を志望したのではなく、周囲に勧められるまま流されるようにして応募しただけ、と受け取られるからだ。

できれば、この十一名が面接時にどのような自己アピールをしたのか知りたいところだが、そこまでの情報を摑むのはさすがに難しい。

風間は目を開いた。

普段なら、保健委員の学生が体調不良者の有無を報告にくるころだが、今朝は学生の気配がない。それもそのはずで、午後から入校式を控えたこの日の朝、風間教場の学生たちは学校を離れ最寄りのK駅前で清掃奉仕に当たっている。

午前八時過ぎ、宮坂は、教官室の中がやや慌ただしくなってきた頃に姿を見せた。

「こんなに短い一週間を過ごしたことはない、と感じています。自分が学生だったときの一日一日が長すぎたせいですかね」

しんどいことが多すぎて。そう付け加えた宮坂に、風間は「だろうな」と頷き、立ち上がりざまに右手を差し出した。

握手を交わす。一年半前の卒業式で彼の手を握った感触がよみがえる。そしてやはり宮坂の手はあのときよりも確実に厚みを増していた。

「お世話になりました」

「それはこっちの台詞《せりふ》だ。もしかしたら、また何か学校での仕事をきみに頼むかもしれん。そのときも引き受けてもらえるか？」

「もちろんです。なぜかこの場所は大好きですよ。刑事になる目標は諦めていませんが、教官も面白そうだと、ますます思うようになりました」

「そうか。だったら、わたしと代わってほしいものだ。——入校式は見ていかないのか」

「ええ。せっかくですが、仕事がたんまり溜《た》まっていますので、早めに帰らせていただきます」

そう言って宮坂は教官室をぐるりと見渡した。優羽子にもひとこと挨拶を、と思ったのだろう。しかし、彼女はまだ出勤していなかった。

「助教にはわたしからよろしく伝えておくから心配するな」

出入口のドアを手で示す仕草にそう言葉を添え、職員用の昇降口まで宮坂を見送ることにした。

百五十歩。今日は、一歩足を進めるたびに、かつて担当した学生の顔が浮かんでは消えていくような気がした。

「宮坂、以前きみは、わたしが怖かったと言ったそうだな」

「ええ」

「ならばついでに、わたしが怖いと思っているものを教えよう」

掲示板の前で足を止め、右上の隅を見やった。この行為だけで、相手にはこちらの意図が伝わったようだった。

訃報用のスペースに、宮坂もじっと目を凝らした。

「覚悟が必要なんですね、教官には。教え子の名前が、いつかここに載るかもしれない。その覚悟が、常に」

静かに頷き、宮坂を見送ったあと、教官室に戻った。

風間は受話器を取った。電話をかけた相手は、新人たちの清掃奉仕を監督している後輩の教官だった。

《はい、警察学校クリーン部隊です》

性格的には、どちらかといえば堅物の後輩だが、今日は陽気な返事をよこした。任務が順調に進んでいるらしい。

――もっと新しいゴミ袋はないか。

――ほら、そっちにも空き缶が転がってるだろ。

応答した声の背後からは、K駅前の喧騒に混じり、奉仕活動に勤《いそ》しむ学生たちの声が漏れ聞こえてくる。

後輩教官に一つ用件を伝え、風間は受話器を置いた。

返す手で腕時計のストップウォッチ機能をスタートさせたとき、青ざめた顔の優羽子が姿を現した。いつもの彼女なら、一歩一歩しっかりと地面を踏みしめるようにして歩を進める。だがいまの足取りには重みがなく、まるで幽霊がふわりと宙に浮遊しているかのようだった。

優羽子はまっすぐ自席に歩み寄り、デスクマットをめくり、例の退職願を差し出してきた。躊躇《ちゅうちょ》のないその動作から、熟慮しての決断だと窺《うかが》い知れた。

やはり優羽子は耐えられなかったのだ。

紀野は警察官にならなければ死ななくてもよかった。死なせた責任は、「辞めたい」との希望を受け入れず、無理やり卒業させた自分にある――その思いの重さに。

風間は腕時計に目をやってから、その封筒を受け取った。

「その封筒より時間の方が気になりますか」優羽子の声は、機械が喋《しゃべ》っているかのような抑揚のないものだった。「どんな用事がおありなんです？」

「ちょっと人と待ち合わせをしていてな。午前八時ちょうどにこの部屋で会う約束をしている。時間までに来てくれるといいんだが」

優羽子も自分の腕時計に目を落とした。「あと十秒しかありませんよ」

そのとき、教官室のドアが開いた。

「失礼、しますっ」

入ってきたのはジャージ姿の漆原だった。大きく肩で息をしている。

「出席、番号、一番。漆原、透介、です」

膝に手をつき腰を折りたいのだろう。そこをぐっと我慢しながら胸を張り、荒い息の下で敬礼をした。

「ご用は何でしょうか」

「きみの顔を見たかっただけだ。戻れ」

「はいっ」

漆原はふらつく足で回れ右をし、姿を消した。

「間に合ったとは驚きだ。どうしても時間の感覚が正確に摑めない。そんなことを言っていたから、まるで使いものにならないと諦めていたんだがな。――どうやら本人の中で芽生えてきたようだよ、自覚というものが」

「それはよかったですね。せいぜい立派な警察官に育ててやってください」

「そうしよう。――ところで、辞める前にこれを見ていったらどうだ」

風間は自分のノートパソコンを開いた。一枚のＤＶＤをケースから取り出し、挿入する。先日、宮坂に頼んでＫ署の地域課から持ってきてもらったもの――街頭カメラの映像データが記録されたディスクだった。

ノートパソコンにカラーの映像が表示された。三丁目交差点の様子は押しボタン式信号の黄色い箱についた赤い丸印がくっきりと分かるほど鮮明だ。隅に表示された日付は、四月一日。時刻は午前十時二十五分——仮入校の受付が締め切られるわずか五分前。

優羽子が軽く息を呑んだのが分かった。映像には交通整理をする紀野の姿が映っていたからだ。

そのとき、紀野が誘導灯を持った手を左右に広げ、急に車の流れにストップをかけた。

そして一人の歩行者に向かって、早く通れ、とサインを送った。明らかに特別扱いだった。

歩行者は、紀野にぺこりと頭を下げ、横断歩道を走り抜けていった。

その直後、紀野は突っ込んできた乗用車に撥ね飛ばされた。

横断歩道を渡り終え、すぐに右に曲がった歩行者には、その音が聞こえていたはずだ。

だが、彼は振り返らなかった。それどころか、何かから逃げるように、足を速めて現場から走り去った。

無駄に膝の位置が高い子供のようなフォームで――。

風間は映像を止め、優羽子を見上げた。

「これでも辞めるか。気が変わらないなら止めはしない」

優羽子は震えていた。

8

入校式の式次第がすべて終了したあと、ざわつく講堂の舞台袖で、眼前に久光が立ちはだかった。

「ここからがいよいよきみの正念場だな」

「分かっています」

「問題なさそうか、あの漆原という学生は」

「わたしと助教で支えていきます」

風間は、講堂を出ていく学生たちの中にいる漆原を目で追った。その影が、紀野に頭を下げて横断歩道を走り抜けていった歩行者の姿に重なる。

——警察学校の仮入校式に遅れそうなんです。お巡りさん、通してもらえませんか！

あの朝、漆原は必死の思いで紀野にそう声をかけた。

自分がつらい思いをしたから、いまの学生たちの力になりたい。そう数日前に宮坂は言っていた。紀野もまったく同じだった。学生時代に苦労した紀野は、窮地に立たされた後輩を、どうしても助けずにはいられなかった。

だからルールを無視して、紀野に横断歩道を渡らせた。

「ならいいが……。しかし」

優羽子がいま講堂の壇から降りようとしている。彼女の背中へ久光は目をやった。

「あっちの方がもっと心配だな。もう大丈夫なのか、助教は」

「ご心配なく。わたしが支えていきます」

校長はこちらにじっと視線を据えたあと、ふっと鼻から息を漏らした。

「まったくおかしな話だ。普通なら、支える方と支えられる方が逆じゃないのかね」

風間も内心で自嘲した。たしかに久光の言うとおりだ。自分は何をそんなに熱くなっているのか……。

紀野の死に、誰よりも責任を感じていたのは漆原だった。その漆原ですら辞めずにここで戦おうと決意した。その姿を目の当たりにして立ち直れないほど彼女は弱くはない。

教え子たちと一緒に、講堂を出てグラウンドへと向かっていく優羽子の後ろ姿を、風間は見据えた。その足取りにしっかりとした重みが戻ったことは、離れたこの位置からでもよく分かる。

「ところでさっきな」

鼻にかかった耳障りな声に、風間は顔を戻した。

「式の前に、きみの学生たちがしていた立ち話を小耳に挟んだんだがね、誰かがこんなことを言っていたよ」

いったん言葉を切り、久光は顎を引いた。細い指先を礼服の飾り緒に持っていく。そこについていた糸屑《いとくず》をつまみ上げ、目の前にかざすようにした。

「『あと三週間だけ我慢する』と。これがどういう意味か、もちろん分かるね」

つまり、最初の給料をもらうまでは在籍する、ということだ。

「ここからがいよいよきみの正念場だな」

先ほどと同じ言葉を繰り返したあと、久光はふっと息をかけ、指先の糸屑を吹き飛ばした。

9

かすかに異臭を感じたのは、ホームルームに向かう途中でのことだった。

粉末消火剤の臭《にお》いだとすぐに分かった。

廊下の窓はすべて開け放たれている。風間公親は、その一つから外の様子を窺ってみた。

グラウンドで、地面に置かれた消火体験用のトレイが炎を上げているところだった。

この警察学校では、初任科生の消火訓練は毎年五月上旬に行なわれている。炎に向かって手持ち消火器のホースを構える長期課程の学生たちは、輻射熱《ふくしゃねつ》に加え初夏の日差しも全身に浴び、熱さと暑さに顔を歪めていた。

「教官、休日の外出禁止についてですが――」

隣を歩く平優羽子に話しかけられ、風間は外に向けていた顔を前に戻した。

「今年から完全に撤廃してはいかがでしょうか。全国どこの学校でも、年々緩和されているようですから」

風間は意外そうな顔をしてみせた。

「最近の学生は、屋内での時間潰しの方が得意だろう。外出を禁じたところで、迷惑がる者など誰も出てこないと思うが」

「そうでもありません。連中は、やっぱり若いですから、じっとしていられないんです。何より、長く一箇所に閉じ込められていれば、誰しも息が詰まってしまいますし」

優羽子の言うことにも一理ある。

年齢も前歴も異なるさまざまな人間と、一つところで寝起きをしなければならない。教官や先輩には絶対服従だ。廊下を歩くにも、「こんにちは」を連発しながら頭を下げ下げ通るよう強制されている。

年長者に対する礼儀を、それほどしっかり教え込まれずに育ってしまった現代っ子が、いきなり厳しい人間関係の渦に投げ込まれたとしたら、溺れることなく泳ぎ切れという方が無理だ。

「たしかにな。――分かった。その方向で校長に掛け合ってみよう」

第三教場の前では、当番の学生、杣利希斗が待っていた。

「おはようございます」

礼を返してやると、杣がドアを開けようとした。

その直前、風間は彼の腕を押さえた。

驚いた杣の表情を、正面から見据える。

しばらくそうしたあと、視線を杣の顔から廊下の天井へと移し、そしてまた杣の方へ顔を戻した。

「……どう、されたんですか？」

「何でもない。ただ、天井の蛍光灯が切れかかっているのかと思っただけだ」

杣も頭上へ顔を向けた。

「切れてはいないようですが」

「そのようだ。すると、ほかに理由がありそうだな」

「……何の理由でしょうか」

「どうしてきみの顔色がそんなに冴えないのか、その理由だよ」

瞳を泳がせた杣をその場に残し、風間は自分でドアを開け、入室した。

教壇に立ち、学生たちの顔を一通り見回してから言う。

「拍手をしてみてくれ」

意味が分からなかったらしい。ほとんどの学生が口を半開きにしている。

「拍手だよ。左右の手を叩いて音を出してほしい。わたしが『やめていい』と言うまでだ」

三、四人がその言葉に従うと、彼らを中心にして、拍手の音が徐々に広がっていった。

初め、音はばらばらだったが、一、二分後にはシンクロし始めた。手を叩く時間が長くなればなるほど、一定のリズムに収束していく。

しまいには、全員の拍手がメトロノームのように同じリズムを刻み始めた。

それに気づいて、学生たちが不思議な顔をする。

「これは同調と呼ばれる現象だ。演奏会やコンサートの最後に、聴衆が拍手をするのを聞いたことがあるだろう。ならば、それが長くなればなるほど手を叩くリズムがシンクロしてくることも知っているはずだ。長い場合は二、三分かかるかもしれないが、最後にはかならず同調する」

風間はもう一度みなの顔を見渡した。

「わたしが言いたいのは、きみたち一人一人が、周りにいる仲間に知らず知らず影響を与えている、ということだ。それを忘れないでほしい」

「はいっ」

「いまのはただの前置きだ。ここから今日の本題に入る。きみたちに一つ質問しよう。

警察官というのは、あるものに着眼する仕事と言っていい。では、そのあるものとは何だ」

誰も挙手しなかった。

「簡単すぎて答えられないか」

風間は、チョークを手にし、その粉を自分の上着にわずかに付着させた。

「これだよ」

三十七ある顔が、ますます理解できないという表情になった。

「例が悪かったかもしれんな。――見てのとおり〝汚れ〟だ。痕跡と言い換えてもいい。つまり、犯罪や事故という特殊な現象が残した不自然な痕跡に着眼する。それが警察官の仕事だ」

学生たちはようやく、なるほど、という顔になった。

「もし、街の中を煤《すす》だらけの人間が歩いていたら、かなり不自然だろう。煙突の中を抜けてきたのか、火事のあった現場に潜り込んでいたのか。とにかく、その人物は普段めったに人が入り込まない場所を通ったに違いない。あきらかに怪しい。だから我々には、その理由を質問する必要があるわけだ」

学生たちが頷き終えるのを待ってから、風間は続けた。

「わたしが警察学校の学生だった頃、まあ遥《はる》か昔だが、そのころ注意報告書というものを頻繁に書かされた。では、この『注意報告』とは、どんなものか知っているか」

首肯《しゅこう》した学生はいなかった。

「放っておけば事件や事故につながりそうな情報を日常業務の中から見つけ出し、書類として作成することを言う。例えば、『近所の家に暴力団員ふうの男が毎日出入りしている』、あるいは『三丁目の交差点に信号がなくて危ない』などだ」

風間は再びチョークを持った。

「きみたちの活動範囲はこの学校内だ。だから校内で見受けられた事象について、気づいたことを報告してほしい。例えば——」

例文を黒板に書いた。

【学校敷地の南側通用口付近に、ガラス瓶の割れた破片が散乱しています。若者のたまり場になっているようです。今後、見回りの徹底が必要と思われます】

「こんな具合にだ。具体的な事実、それがなぜ問題なのか、どう対処するべきか、を書いて、わたしのところに報告書として上げてほしい。一件につきA4用紙一枚。形式は自由でいい。——何か質問はあるか」

挙手をした者がいた。ハーフリムの眼鏡をかけた、男子にしては小柄だが、理知的な顔をした学生だった。

風間が目を合わせると、その学生、兼村昇英《かねむらしょうえい》は、眼鏡のつるを軽くつまんでから立ち上がった。

「例えばの話ですが、誰かが規則を破っているのを見て、それを告げ口するような報告でもいいんでしょうか」

「歓迎だ。それは告げ口でも密告でもない。仲間に生活態度を改善してもらうための必要な行為と解釈する。張り切ってくれ。報告の質がよければ、それだけ成績表の点数も上がるぞ」

「逆に、仲間の長所を褒めるような報告でもいいわけですね」

「無論だ」

「もう一点あります。どれぐらいの頻度で出せばいいでしょうか」

「きみたちはいろんな科目で多くの課題を抱えているし、日記も提出しなければならない。無理をするな。気づいたことがあれば、その都度でいい。三日に一件程度が目安だ」

ホームルームを終え、教官室へ戻る廊下で、風間は優羽子の方を振り返った。

「これから言う者の名前を覚えておいてくれ。――兼村昇英、伊佐木陶子、比嘉太偉《ひがたい》智《ち》、そして枇利希斗」

「彼らが、どうかしましたか」

「ちょっと気になることがあってな」

優羽子は視線を宙に彷徨《さまよ》わせた。

「兼村は、文章が上手く英語も堪能《たんのう》。どちらかと言えば、警察官というよりビジネスマンふう。伊佐木は、父親と叔父《おじ》がともに県警幹部というサラブレッド。男兄弟のない一人娘で、家族の期待を背負って入校してきた。頭は切れるが、どこか内気な印象あり……」

優羽子は、自分なりに作った各学生のプロフィールを脳内に思い浮かべているようだった。

風間が立ち止まると、彼女は言葉を切った。本人は頭の中に浮かべただけのつもりだったらしいが、兼村と伊佐木の分を独り言《ご》ちたあと、つい口に出していたことに気づいて、決まりの悪そうな表情を覗かせる。

「かまわんよ。そのまま助教の学生月旦《げったん》を聞かせてくれないか。比嘉と枇の分もな」

風間は再び歩き始めた。

「分かりました。では続けます」

斜め後ろから優羽子の声が追いかけてくる。

「比嘉は大学時代に柔道界で活躍した猛者《もさ》で、ライフセーバーの資格も持っている。性格は直情径行型。こうと思い込んだら突き進むタイプだが、姉二人という環境で育ったせいか、女子に甘えたがる性癖あり。杣は……」

ここでしばらく無言の間があった。

「杣は、とにかく摑みどころのない学生。ごく簡単な問題に答えられないことがあったかと思うと、ときどき鋭い観察力を発揮し異彩を放つ。他人に対する責任感は強い方。伊佐木同様、彼もまた母親が〝我が社〟のお偉方。そして現在大学四年生の妹も警察官を志望している。――こんなところでしょうか」

「杣の妹が？　そんなところまでよく把握していたな」

風間にとって、その情報は初耳だった。

「ええ。たしか杣瑞菜《みずな》という名前だったはずです。前回のオープンスクールに参加していました。名字が珍しいのでよく覚えています」

去年夏の学校見学会に、優羽子も指紋採取体験に駆り出されていたことなら承知していた。

「なるほど。――ありがとう。参考になったよ」

優羽子の人物評は自分のそれとだいたい一致していた。

「ついでに言うと、比嘉と杣はともに茶道クラブで一緒ですね。――いま名前をおっしゃった学生は、みんな何かしら長所をもっていますが」

「そのとおり」

つまり、失ったら惜しい人材だということだ。

「彼らの動向には、特に注意しておいてほしい」

「すると注意報告の義務は、わたしにも課されるわけですか」優羽子が白い歯を見せた。「承知しました」

10

宿直室のガラス窓が、ゴッと硬い音を立てた。雀《すずめ》が誤ってぶつかったようだった。

ここは、野鳥にとっては迷惑な施設かもしれない。ガラスに限らず校内のいかなる場所にあっても、汚れがついていたら、それがほんのわずかであろうが掃除はやり直しだ。磨き上げられた窓の下に鳥の死骸が見つかるのは、この学校ではそれほど珍しいことではなかった。

風間は、ワイシャツをアイロン台に置いた。

布全体に水を霧吹きし、湿らせる。そうしてから数分待ち、布地がしっとりと手に馴染《なじ》むようになってから、アイロンの把手《とって》を摑んだ。

――前進させるときは先端を、後退させるときは後端を少し浮かせる。それがアイロンを使うコツだ。

教官という仕事をしていると、自分が学生だったころに当時の担任教官から教わった言葉をしばしば思い出す。宿直室で、こうして衣服の皺を一つ一つ消しているときなど、特にそうだ。

皺の消えたワイシャツを着込み、風間は宿直室を出た。

教官室に入り、自席に座る。

その隣、優羽子の机を見やれば、デスクマットに挟まっていた退職願の封筒はもう消えていた。

自席の机上には書類の束が置いてあった。一番上の紙に付箋《ふせん》が貼ってあり、『注意報告書がさっそく上がってきました』と優羽子の字でメモが添えてある。

全部で七枚。注意報告書の話をしたのは昨日の朝だ。一日でこれぐらいなら、件数としては予想どおりといったところか。

一枚ずつ、ざっと目を通してみた。

【寮の談話室と自習室にある時計は、時間がいつもずれています。どちらも電波式にして、一秒の狂いもなく合わせておくべきだと思います】

【厚生棟一階東側の壁に、小さな亀裂を見つけました。今年三月の地震でできたヒビかもしれません。不安ですので管財課に補修をお願いしたいと考えます】

【入学して以来、部屋（さきがけ女子寮二階）の窓から、同じ模様のカナリアをたびたび見かけました。近所の家から逃げたのだと思います。捕まえて、飼い主に返してやってはいかがでしょうか】

【実技棟裏の細い道を通ったら、蜘蛛《くも》の巣と虫の死骸がたくさんありました。ときどき使う通路ですので、掃除のエリアに含めてはどうかと考えます】

【さきがけ第三寮一階の水道ですが、大勢が一度に洗顔すると蛇口の水圧がだいぶ下がるので、時間がないときは焦ります。朝の水道は、班ごとに分けて使うようにしてはいかがでしょうか】

たった一枚の紙から、教え子たちの生活が垣間見《かいまみ》えてくるところが、なかなか興味深い。

残りの二枚を読もうとして気がついた。二枚ともまったく同じ筆跡だった。一人の学生が二枚出したということだ。

この学生が文章を書き慣れていることは明らかだった。学生にしてはかなり達筆で、字間、行間の設け方にも、読み手への配慮が窺える。

その二枚を読み終えると、すべての注意報告書を机上に戻し、代わって風間は学生のプロフィールを綴じたバインダーを抽斗から取り出した。

「何をご覧になっているんですか」

いつの間にか出勤していた優羽子から声をかけられ、風間は顔を上げた。

「基調《きちょう》だよ」

「懐かしい言葉ですね。出てきたんですか？　取り調べをしたい相手が」

刑事が被疑者を落とすためには、取り調べの前に、相手の身辺を詳しく知っておく必要がある。そのため、家族、生い立ち、交友関係、その他周辺者の証言など、対象者に関する情報をできるだけ調べ上げ、頭の中にインプットしておく。警察用語では、これを「基礎調査」といい、刑事たちは「基調」と略して呼んでいる。

「そういうことだ。――注意報告書にはもう目を通したようだな」

「ええ。勝手ながら、教官より先に読ませていただきました。すみません」

「かまわんよ。特に気になったものはあったか？」

「あります。ちょっと見過ごせないものが三通」

「どれだ」

急に優羽子は目を伏せた。落ち着かない様子で、瞬きを繰り返している。

「どうした」

「実は迷っています。その報告のうち一通がちょっと問題ありで、教官にお見せしたものかどうか……」

「そんなことを言われたら、ますます見たくなるのが人情というものだな」

風間は優羽子に向かって手の平を差し出した。

「隠しごとをしていると、何を食べても美味《うま》くなくなるぞ。それは人生の大損だ。きみもそう思うだろう」

「……分かりました」

優羽子はまず一枚を差し出してきた。小さく折り畳んで隠し持つようにしていた紙だった。

【わたしの友人に、悩みを抱えている男子学生がいます。それはたいへん深刻な悩みです。刑務所では受刑者がよく同性愛で結ばれると聞きました。刑務所とあまり変わりのないこの学校でも同じことが起きるのは珍しくないようですが、友人の相手は正真正銘の異性、つまり女性です。

わたしは友人として、彼の恋愛を成就させてあげたいと思うのですが、どうしたらいいのか分かりません。となれば人生の先達である風間教官に頼るべきところですが、何ぶん恋愛のこと、相談相手はより女性心理に精通している方が望ましいため、平助教に相談に乗っていただけると幸いです】

そのように書いてある文面にさっと目を通してから、風間は氏名の欄を見た。このような内容であれば匿名かもしれないと予想したが、違っていた。比嘉太偉智。しっかりとした筆致でそう記してある。

「教官は、こういう内容が来ることを想定されていましたか」

「いいや」

「ですよね。注意報告が新聞の人生相談と違うことは常識です。それを承知のうえで、比嘉はふざけてやっているんでしょう。ひとこと釘《くぎ》を刺しておく必要があると思います」

優羽子は努めて冷たい声を出しているようだが、その頬には赤味が差している。

「これは比嘉の字に間違いないか？」

筆圧のやけに強い字だった。途中で二度ばかり鉛筆の芯が折れた形跡も残っている。

各字の横棒は「引き」ではなく「押し」で書かれたもののようだ。これは左利きの特徴だ。

「はい。その点はもう調べました。他の学生が比嘉の名前を騙《かた》って書いたという可能性はないようです」

　風間がその紙を返すと、受け取った優羽子は溜め息をついた。「あとで、厳重に注意しておきます」

「いや、比嘉には、わたしからひとこと言っておく。来週早々にでもここへ呼び出すとしよう。――ほかにきみが気になったのはどれだ」

　優羽子に書類の束を差し出してやると、彼女はそこから二枚を抜き出した。

【さきがけ第三寮一階の倉庫から、以下のものが紛失していました。誰かが無断で持ち出したようです。ポリタンク、盥《たらい》、スプレー缶に入った殺虫剤、スポーツ用の携帯酸素。特にポリタンクと盥は清掃と洗濯時に使うため、この先、皆が迷惑することになると思われます】

【女子学生の何人かは、過去に喫煙していたか、いまも喫煙している模様です。健康上、指導の必要ありと思料します】

　どちらも同じ筆跡。優羽子が選んだのは、一人で二枚提出した学生の書類だった。

「特に、こちらの方が気にかかります」

女子学生の喫煙について書かれた方を、優羽子は上にした。

「もしこれが本当なら」風間は言った。「ことだな」

この学校には、煙草《たばこ》を吸うことが許されている場所はない。喫煙が発覚した場合のペナルティは教官の裁量に任されている。

「ええ。退校……ですね」

呟くような口調で言い、優羽子は苦い顔をした。学生たちに申し伝えてある喫煙のペナルティはそうだった。

風間は、注意報告書の一番下にある名前の記載欄に改めて目をやった。

兼村昇英――過密なカリキュラムで時間に追われていたせいか、自分の名前だけは、本文の文字とは違って、やや書き殴ったような筆跡だった。

「伝えてくれないか。今日の昼食後に面談室へ来るように、と」

「兼村にですね」

「ああ。ついでに平助教、きみも同席してくれるとありがたい」

「承知しました」

風間は壁の時計に目をやった。授業開始の時間が迫っている。

【大学で所属していたゼミは「マスメディア経営論」。サークルは「新聞放送研究会」。学生インターンとして就業体験をした職場は各種業界紙の編集部。大学卒業後、警察に入るまでの二年間は塾の講師として勤務……】

そのように記載されている兼村の書類を閉じ、風間は立ち上がった。

午前中に警備実施訓練があったせいだろう。昼間、面談室に姿を見せた兼村は、眼鏡のレンズにグラウンドの土埃《つちぼこり》を付着させていた。

「ランチには何を食べてきた？」

「トマトソースのオムレツです」

「なかなかいいな」

「ええ。ここの学食はコスパが高いと言いますか、値段に比べてかなり美味《おい》しいと思います」

「いや、わたしがいいと言ったのはきみの報告だ。ただのオムレツではなく、トマトソースとつけたところだよ。基本的に、報告というものはできるだけ具体的である方が望ましい。特に警察の社会ではそうだ」

「ありがとうございます。今後も心掛けます」

「さてと——。きみをここに呼んだのは、自己PRをしてほしいからだ」

兼村は瞬きを繰り返した。明らかに戸惑っている。

「自己PRだよ。やってみてくれ」

「……はい」兼村は座り直しながら、舌で素早く唇を湿らせた。「誰とでも、すぐ仲良くなれること——以前はそうでしたが、いまは違います。現在、わたしのセールスポイントは、誰とでも喧嘩ができることとです」

「ほう」

「昔と違って現代にあっては、世の中で本当に求められる人間の資質とは、他人と馴《な》れ合う軟弱さではなく、その反対に、激しくぶつかり合うことのできる気概や強靱《きょうじん》さ、それを持っているということではないでしょうか」

「その考えには大いに賛成だな。——では次だ。きみが警察を志望した理由を改めて聞かせてほしい」

「はい。大学受験に失敗し、第一志望校に入れなかったこと。そのせいで一時的に将来の目標を見失ったこと。そして失恋や友人の裏切り。そういう挫折の経験を、これまでわたしは幾つかしてきました。そのような過去を十分に活かせて、なおかつ人の役に立つ仕事はないものか、と考えました」

緊張が解けてきたのか、兼村の喋り方がより滑らかになってきた。

「挫折という経験が一番生きる仕事が、警察官ではないか。わたしはそう思いました。警察官が相手にするのは事件や事故に関わった人たちです。そういう人たちの気持ちが、自分ならよく分かるような気がしたのです」

「なるほどな。――もう一つ訊く。警察でどんなことをやりたい？」

「広報です」

それまで、こちらの質問には、ほぼ間を置かずに答えてきた兼村だが、この答えは一段と速く返ってきた。

「わたしは以前から、マスコミの体質に疑問を感じていました。報道機関は、なぜ警察が発表した情報を、こうも鵜《う》呑《の》みにしてしまうのか。その最たる原因は、いわゆる『サツ回り』というやり方にあるのではないかと、わたしは思っています。新聞にしてもテレビにしても、たいていの会社は、これを新人記者にやらせています」

「たしかに。まあ、警察の胸を借りて勉強してこい、ということだろうな」

「教官のおっしゃるとおり、新人記者の勉強は大事ですが、犯罪報道は人権に関わりますから、警察への取材というのは、そう簡単にやっていい仕事ではないはずなんです」

兼村は唾を飛ばした。この問題については思うところが多いらしい。

「ですから、本来は十分に経験を積んだベテラン記者が担当するべき分野なんです。そうでないと、誤報という恐ろしい事態を招きかねません。報道被害によって自殺者がでることもあります」

兼村は、それが癖らしく、また眼鏡のつるを指でつまんだ。

「誤報は人を殺すということです。これだけ大事な仕事を、右も左も分からない新米に任せるというのは、かなり問題ではないでしょうか」

「分かった。面談は以上だ。貴重な時間を奪ってしまい、すまなかったな」

兼村を帰したあと、教官室へ戻ってから、風間は優羽子に言った。「学生たちに伝えてくれ」

「何とでしょうか」

「当分の間、休日の外出は禁止にする、と」

優羽子は口を半開きにした。反論したい気持ちは分かる。だが——。

異論は受け付けない。そう優羽子に言葉で伝える代わり、風間は黙って自分の机に向き直った。

11

「案の定、かなり不評を買っていますよ」

報告してきた優羽子の顔も不満げだった。何の前置きがなくても、彼女の言っていることが、二日前に出した休日の外出禁止令についてであることには、すぐに見当がついた。

「誰が一番不満を漏らしている？」

「兼村ですね。こんな上申書を出してきました」

優羽子が差し出してきた書類を受け取り、目を落とした。

【失礼ながら申し上げます。若者にとって休日に外でストレスを解消することは、心身の健康を保つ上で、どうしても必要不可欠な行為であり……】

などと書いてある。相変わらず文章はしっかりしていた。

「なるほどな。――話は変わるが、この記事のコピーを取っておいてくれないか」

今日の朝刊を、風間は優羽子に渡した。

【交番内で「圧力鍋爆弾」をふざけて作ったとして、M県警は、二十代の男性巡査を爆発物取締罰則で書類送検し、本部長を訓戒処分にした。巡査は即日依願退職した。

「圧力鍋爆弾」は、混合火薬（塩素酸系黒色火薬）を鍋に敷き、その上に多数の釘を詰め込み、底に起爆剤を仕掛け、乾電池をセットして遠隔操作で爆破させるもの。かつては海外のテロリストがよく用いた。爆発と同時に飛び出す釘の初速は銃器並みで、かなりの殺傷能力を持つ】

記事の内容はそうなっていた。

警察官が起こした不祥事の記事は目に触れるかぎりストックしていた。ホームルームの訓話には格好の題材となるからだ。

優羽子がコピーから戻ってきたとき、教官室のドアがノックされ、学生が一人姿を見せた。

四角く張った顎。太い鼻梁《びりょう》。くっきりとした眉毛の偉丈夫――比嘉太偉智だった。

彼は室内に入ってから、ちょうど三歩進んだ場所でぴたりと止まり、角度にして三十度の礼をした。礼式に定められたとおりの動きだ。

入室してから三歩。これがなかなか身に着かず、ドアを開けたあと、わずか一歩入っただけの地点で立ち止まり、腰を折ってしまう者が、入校してから一か月以上経ったいまでもけっこう多い。

近寄ってきた比嘉は、こちらとそして隣の優羽子に向かって再び礼をした。

「比嘉、きみに一つ質問をしよう。これは平助教の方を見ずに答えてほしい」

「はい」

返事をしつつ、直立姿勢の比嘉は、座っている優羽子の方へ一瞬だけ視線を投げた。

「平助教の身長は何センチだと思う？」

質問の内容が予想外だったせいだろう、比嘉は気をつけの姿勢を保ったまま瞬きだけを繰り返している。

「助教の身長……ですか」

「そうだ」

「一七二か三センチぐらいでしょうか……」

「二か三か、どっちだ」

「……三だと思います」

「分かった。帰っていいぞ」

「はい？」

比嘉の姿勢が気をつけから棒立ちに変わった。

「聞こえなかったのか。用件は以上だ。早く戻れ。次の授業の準備があるだろう」

「……では失礼します」

去って行く足取りがぎこちない。そうやって内心の戸惑いを覗かせつつ比嘉が出ていくと、いまのやりとりをそばで見聞きしていた優羽子がすかさず顔を寄せてきた。

「厳重に注意をしてくださるのだとばかり思っていましたが」

優羽子の眉根。そこにできた皺の深さに不満の度合いがよく表れている。

「こんなことなら、やっぱりわたしが直接叱るべきでした」

「助教、比嘉が出したあの注意報告を、ただの悪ふざけだと軽く解釈したのはきみの方だ。だとしたら、そんなに怒ることはあるまい。それに、まんざら戯れの類ではないかもしれん。我々教官にとって、学生たちの心の悩みを少しでも把握しておくに越したことはないだろう」

何か言い返そうとして、しかし言葉が見つからなかったのか、優羽子は口を開く代わりに鼻から強く息を吐き出した。そうして、やや落ち着いてから訊いてきた。

「……いまの質問には、どんな意味があるんですか」

「自分で考えてみたらどうだ」

そう応じて風間は、三十七人の学生全員の名前を書いた一覧表を優羽子に渡した。

名前の隣の欄はブランクで、ただ「cm」とだけ単位が印刷されている。

「これを全員に渡し、空欄を埋めさせてくれ」

「つまり、いま比嘉にしたように、想像で身長を書かせる、ということですか。一人一人に、全員分の」

「そうだ」

「何だかさっぱり訳が分かりませんが、分かりました」

いま口にした言葉が、自分でも少しおかしかったせいか、ようやく優羽子の口元に微妙な笑みが覗く。

それに一瞬目をとめたあと、風間は比嘉の出ていったドアを見やった。

「とりあえず、彼がきみを慕っていることは確かなようだ」

これも礼式で定められていることだが、上官が二人以上いるときは、階級が上の者に対してだけ敬礼をすればよい決まりになっている。

だが、礼式をよく弁《わきま》えているはずの比嘉は、優羽子に向かっても敬礼をした。彼女に対する方が、何秒か長かったぐらいだ。

優羽子は少し照れた顔になったが、頰に差した赤味はすぐに消えた。身長を訊ねた意味を考えてみろ——その課題に、頭の中で取り組み始めたせいだろう。

その日、午後最初の授業は「地域警察」だった。

「毎日生活している町に、七つ道具のような物を持って顔を隠すように歩いている人物を見かけたら、誰もが怪しいと思うはずだ。しかし、その人物が犬のマルチーズを連れて散歩するように歩いていたら、気に留める者は少ないだろう」

口を動かしながら、教壇から風間は学生たちを見下ろした。どの顔からも、緊張感は少し抜けてきたようだった。代わりに濃くなっているのは疲労の色だ。

「いま言った例は、以前捕まった泥棒の話だ。彼はこのユニークな方法で、四年間、怪しまれることなく昼間から盗みを働いていた。――この話を踏まえて、きみたちに一つ質問をしよう」

風間は教壇を降りた。学生たちの間を歩き、兼村の肩を叩く。

「ホームセンター、カー用品店、家電量販店などで特徴的に起きている、万引きの手口を挙げてみろ」

立ち上がったものの、兼村は答えられなかった。

「きみは外出禁止に不満があるそうだな。いまの答えが分かったら、考え直してやってもいいぞ。何月何日に解除してほしいんだ」

「五月十五日、日曜日です」

「その日に何がある」

「……特別なことは、ありません。ただ外の空気を吸いたいだけです」

「そうか。では、いまの答えが分かったら、考えてやってもいい。座れ」

「風間教官はこのところ、ずいぶん兼村の様子を気にかけていらっしゃいますね」

授業を終えたあと、教官室で優羽子が訊ねてきた。

「勘がいいな」

「理由を教えていただけませんか」

「ならば刑事課にいたころを思い出してみてくれ。例えば、犯人が隠し持っていた凶器を取り出そうとするときは、どんな仕草を見せる？」

優羽子は質問の意図を量りかねているようだった。

彼女は、そばにあったボールペンを手にし、上着の裾にあるポケットに入れた。それを凶器に見立て、犯人になったつもりで行動をシミュレートするつもりのようだ。

ボールペンを取り出そうとして、優羽子の視線が裾ポケットの方へちらりと動いた。

「それだよ。視線をやるだろう、凶器が隠してある方へ」

「……ですね」

「人間は、何らかの行動に出る際には、まず準備作業に入るものだ。――ところで、わたしが兼村の面談をしたときの様子を覚えているか」

「はい」

「彼の答えっぷりはどうだった」

「ずいぶんしっかりしていましたね。すらすらと淀《よど》みなく喋っていました。まるで――」

ここで優羽子はようやく、そういうことですか、と合点した表情を見せた。

「最初から用意していたみたいに」

そう。兼村は答えを準備していた。面談の答えを。

「彼は転職を考えている。たぶんマスコミを受けるつもりだろう」

「あの業界は、即戦力を求めて随時中途採用者を受け付けていますからね。キャリア採用とか言って。――兼村はどこを受けるつもりでしょう。地元のT新聞社でしょうか」

「だろうな」

「そうなると、注意報告書の件にも納得がいきますね。一人で二枚も提出してきたというのは――」

「ああ。〝記者魂〟の発露というわけだ」

あのプロフィールを見るかぎり、そして面談の様子からして、兼村は犯罪報道に興味があったようだ。元々マスコミ志望だったのだろう。だが、あまりに狭き門であるために断念し、警察に入った。警察の広報でも似たような仕事ができると思ったに違いない。

それでもやはり新聞記者への思いは断ち難く、キャリア採用枠を狙い、この校内でいわゆる仮面浪人として、密《ひそ》かに転職の準備を進めていたのではないか。

「マスコミ業界の給与は、公務員とはかなり違いますよね。もし転職すれば、倍ほどにもなるかもしれません」

「ますますもって抗し難い魅力だな」

――あと三週間だけ我慢する。

久光によれば、入校式の際、そう口にしていた学生もいたらしいが、幸いというべきか、まだ一人も退校を願い出てきた者はいない。だが……。

「これはちょっとまずいですね」

黙って頷き、風間は久光の顔を思い浮かべた。一人も退校者を出すなとの校長からの指示をクリアするつもりでいたのだが、五月上旬のいま、もう危うくなり始めている。

「風間教官は、いつかのホームルームで、学生たちに拍手をさせましたね。あれは実は、なかなか同調しない者を調べる実験だったのではありませんか。その一人が兼村だったのでは」

「そうだ」

あのときから、兼村には心理の揺らぎがあったということだ。それがいま目に見える形で表れ始めている。

「すると、教官がほかに挙げられた名前——伊佐木陶子や杣利希斗らについても、これから退校が問題になりそうだということですね……」

優羽子は、形のいい唇を、跡が残るほどきつく噛《か》んだ。

12

「ここの学食は、特に魚が美味い。そうは思わないか、風間くん」

久光の箸先は、鰯《いわし》の骨から身を巧みにはがしていく。

「同感です」

「なぜ味がいいのか。博覧強記の切れ者として鳴らすきみのことだ、その秘密もとっくにお見通しだろうね」

だいたいの見当はついているが、ここは校長を立ててやってもいいだろう。風間は「いいえ」と答えておいた。

「ほう、知らないか。それなら教えてやろう。秘密はな、厨房《ちゅうぼう》で使っているオーブンにあるんだよ」

他県の学食ではたいてい、魚の両面を一度に焼く便利なオーブンを使っている。だが、そうした焼き機では、魚の味は、がくりと落ちる。なぜかというと、生臭さが封じ込められてしまうからだ。これに対して、片方ずつ焼いた場合は、焼かないもう片一方から、うまい具合に臭みが抜けていく。だから美味しく仕上がるんだな――。

こうして学生に混じって厚生棟の食堂で昼食をとることになったのは、「たまには一緒に学食でも行くか」と昼休みに久光から誘われたからだった。

たしかに美味しい。正直なところ、わずか数十センチの距離で校長を目の前にしては、何を口にしても美味かろうはずがないと思っていたが、予想とは裏腹に、焼き魚定食に伸ばす箸の動きが滞ることはなかった。

こうなると認識を改めなければならない。次に宿直の当番が回ってきたら、朝食もここでとってみるか……。

「で、どうだ?」久光は上目遣いになった。「例の試みはうまくいきそうか」

「できる限りの努力はしています」

「頼もしいな。しかし、見たところ、ちょっと危なっかしいのがいるようだが」

「例えば誰でしょう」

久光の顔と目が斜め横へとずれた。視線の先には、ハーフリムの眼鏡をかけた小柄な学生がいた。

ズレていると思わせておきながら、その実、抜かりなく校内のあちらこちらに目を光らせているのが、久光という男の食えないところだ。

「手は打っているつもりです」

ちょうど食べ終えたらしく、兼村はトレイを持って立ち上がった。食器類の返却はセルフ方式だ。

「それを聞いて安心したよ。——三時限目の授業は何だったかな」

「国語です」

「特に力を入れてほしい科目だな。最近の若い連中は、どうせインターネット漬けだろう。国語力は危機的状況だ。訳の分からんスラングなんぞ、ここではひとことも使わせないように頼むよ。きっちりとした日本語を叩き込んでほしい」

「分かりました」

「毎回授業を始める前に、小テストを実施したらどうかね。漢字の読み書きの」

「そのつもりで準備しています」

「そうか。――じゃあ、期待を裏切らないでくれよ」

ウインクを一つ残し、久光も椅子から腰を浮かせた。同時に、すぐそばにいた学生の一人が駆け寄ってきて、

「あとはお任せください」

久光の持ったトレイを、半ば強引に奪うようにして受け取ると、返却口の方へ小走りに向かっていく。

こちらが立ち去るときも、近くにいた女子学生が気を利かせようとしたが、風間はそれをやんわりと断り、自分でトレイを下げた。

食堂を出ると、自販機の前に兼村がいた。食後に缶コーヒーでも飲みたくなったらしく、財布を開いて小銭を取り出そうとしている。先に売店で文房具でも買ったのか、その手には小さなレジ袋もぶら下げていた。

風間が近寄って声をかけたところ、ふいのことに慌てたらしく、兼村は手に持った

硬貨を取り落としそうになった。

「驚かせたか。すまんな」

「いいえ——。あの、教官。ついでで失礼ですが、先日出していただいた問題の答えを考えました」

「言ってみろ」

「ユニフォームです。つまり作業服を着て、あたかも商品の搬入や撤去の作業をしているかのように装い、台車に商品をダンボール箱ごと大量に積み、あるいは肩に担いで、堂々と持ち去る。そういう手口だと思います」

「正解だ。それを見て『ご苦労様』と声をかける従業員もいる始末らしい。まったく巧《うま》いことを考えるものだな」

「これで五月十五日には外出させていただけますね」

「いいだろう。約束だからな。休日の外出禁止令は解除する。五月十五日は、きみの行きたいところへ行ってこい」

「ありがとうございますっ」

兼村は深々と頭を下げた。そして姿勢を戻してから、あからさまに怪訝な顔をした。風間がまだその場を立ち去ろうとしなかったせいだ。

「わたしの方もついでになるが、一つ教えてくれないか」

「何でしょうか」

「よく気づいたな。倉庫から備品がなくなったことに」

注意報告書の話だと、すぐには思い至らなかったらしく、

「ええ、何となく危険な気がしまして」

そう答えを返してよこす前に、兼村は眼鏡の奥で瞳をくるりと一回転させた。

「いい勘をしている。しかし『危険』とは少し大袈裟《おおげさ》じゃないか」

「いいえ、お言葉ですが、そんなことはありません。――ちょっと失礼します」

兼村は自販機に硬貨を投入し、無糖コーヒーのボタンを押した。腰を屈めて百九十ミリリットルの小さな缶を取り出し、その缶と、手にしていたレジ袋を、顔の高さに掲げてみせた。

「例えば、この二つ――コーヒーの缶と売店の袋を、部屋の机に置いておいたとします。そして、もしそれが目を離した隙になくなっていたら、わたしはたいへん危険だと思います」

風間はゆるく腕を組み、話の先を促した。

「なぜなら、この二つは、組み合わせると凶器になるからです」

兼村はレジ袋にコーヒーの缶を入れた。そうしてから、持ち手の部分を指に引っ掛け、振り子のように前後にスイングさせる。

「これを誰かの頭めがけて振り下ろしたら大怪我《おおけが》をします。下手をすると死亡です。つまり人を傷つける凶器になるというわけです」

「なるほど。紛失した備品も、組み合わせ次第では何に用いられるか分かったものではない、ということだな」

「おっしゃるとおりです」

「ますますもって、いい勘だ。もしかして、きみは向いているんじゃないか」

「何にでしょうか」

「刑事にだよ」

何か思うところがあったのだろう。兼村の指先で、レジ袋の揺れ方が急に鈍くなった。

午後一時過ぎの第三教場には、鉛筆を走らせる音だけが静かに響いていた。

学生たちを漢字の読み書き小テストに取り組ませているあいだ、教卓についた風間は自分で自分の肩を叩いた。

今年度は負担がどっと増えた。

警察学校で教える科目は、大きく分けて、一般教養、法学、警察実務、術科とある。

一般教養は、講話、国語、時事、歴史、心理学、法医学、経済、地理、コンピューター。

法学は、法学概論、憲法、行政法、刑法、刑事訴訟法、民法。

警察実務は、警務一般、地域、生活安全、捜査、交通、警備、通信、鑑識。

術科は体育、柔・剣道どちらか一つ、逮捕術、救急法、拳銃操法。それに点検礼法と教練。

その上に、実務修習まである。

以前の担当は地域警察だけだったが、今回はそうもいかない。久光の指示で、国語や拳銃操法なども担当することになってしまった。一人の教官がこれだけの科目を兼任するなど、異例中の異例と言えるだろう。

小テストを回収したあと、風間は黒板に一つの漢字を書いた。

【嬲】

字面が字面だけに、場が少しざわついた。

「この読み方が分かる者はいるか」

手を挙げた学生の数は、全体の半分ほどに過ぎなかった。危機的状況——久光の言葉もあながちオーバーな表現ではなさそうだ。

「きみはどうだ」

風間が目を合わせた相手は比嘉だった。

「読み方は、下に『る』を付ければ『なぶる』だと思います」

比嘉はすんなりと答えたが、何か感じるところがあったのか、その表情はやや強張《こわば》っていた。

「そう。この字は、男が女を困らせることを表している。——ならば、これはどうかな」

風間は横にもう一つ漢字を書いた。

【嬲】

「教官」学生の一人がおそるおそるといった様子で挙手した。「本当にそういう文字があるんでしょうか」

「きみたちを担ぐためにわたしがいい加減に作った文字ではないのかと、そう疑うわけだな。みんな同じか？」

ほとんどの学生が頷いた。

「みんな辞書は持ってきているな。そこまで疑うなら、いまこの場で調べてみたらどうだ。見つけた者はすぐに挙手して、ずっとそのままでいるように。急げ。手を挙げ続けるのも疲れるからな。仲間に迷惑をかけるなよ」

学生たちが持参した辞書を捲《めく》り始めた。全員が手を挙げるまで、約五分間、風間は学生たちの間をゆっくりと歩き回っていた。

実際に【嫐】が辞書に記載されていることが判明し、教場内は沸いた。読み方は同じく「なぶ」るで、成り立ちは「嬲」の反対で、女が男を困らせることから来ている。

男子学生の一人から、「わたしの経験では、後者の方がずっと正しい字だと思います」との発言があり、場はますます盛り上がった。

これで少しでも学生たちが漢字に興味を持ってくれれば儲《もう》けものだ。

授業後、小テストの採点は優羽子に任せた。

刃傷《にんじょう》、還俗《げんぞく》、大音声《だいおんじょう》、人事不省《じんじふせい》。この程度の漢字が読めない学生が半分以上を占めていた。刃傷については、カタナキズと読む学生が多かった。これでは、喧嘩沙汰の処理で現場に出たときなどに、間違いなく恥をかくことになるだろう。

最も成績がよかったのは、予想したとおり兼村だった。

小テストの採点結果にもう一度目を通しながら、風間は優羽子に声をかけた。

「気づいたか?」

右隣の席から返事はなかった。

優羽子は、小テストの採点に使った赤いサインペンを手にしたまま、あとは何をするでもなく、ただ虚《うつ》ろな視線を机上の一点に落としている。心ここにあらずの状態でいることは間違いなかった。

「気づいたか」

同じ言葉を再び投げてやると、今度こそ優羽子は、はっとしてこちらを向いた。

「何にでしょうか」

「女子学生の手首にだ」

すみません。そう優羽子は小声で答え、何の話か皆目分からないことを詫《わ》びてきた。

「みんな手首に丸い絆創膏《ばんそうこう》のようなものを貼っていた」

「絆創膏ですか……。もしかして、それって」

「あの形状からして、ニコチンパッチだろうな」

禁煙のための補助薬だ。優羽子が表情を引き締めたのは、【女子学生の何人かが喫煙している模様】という、兼村が提出した注意報告書を思い出したからだろう。

「さっき、ずっと手を挙げさせたのは、それを確認するためだったんですね」

「ああ。――平助教、ちょっと教えてほしい。男子学生に比べ、女子は特に、一人だけ仲間外れになることを嫌うだろう。違うか」

「いいえ、おっしゃるとおりです。わたしもそうでしたから」

そうか、と応じ、風間は額に指を当てた。すると、どうしても分からないことがある。

「いま『みんな』と言ったが、実は一人だけ例外がいた」

「誰です」

身長は一七〇センチほどだが、体重は五〇キロそこそこだろう。警察官にしてはやや細すぎる体型をした伊佐木陶子の姿を、風間は思い浮かべた。

13

拳銃貸与式では警察礼式に基づき、学生一人ひとりが一丁ずつ、第一教養部長から拳銃を手渡される。数ある警察の装備品のうち、厳かな式典をもって貸し出されるものは、警察手帳を除けば、あとは拳銃しかない。

その儀式も先週のうちにすでに終えていた。

拳銃操法の授業を始めるにあたり、風間はまず、並んでいる学生たちの顔をゆっくりと見渡した。

「今日の授業で、片付けと点検の当番になっている者は誰だ」

手を挙げたのは漆原だった。少し遅れて杣も挙手した。

「変更だ。漆原は帰っていい。代わりに当番は兼村と伊佐木にやってもらう」

貸与式を終えたとはいえ、まだ実弾を発射させるには早い。それはゴム製の模擬銃を使って構えをしっかり身につけさせてからの話だ。

「一人ずつ、発射音の口真似をしてもらおうか」

照れながらも、学生たちはこの指示に従った。バキューンやらズドーンやらと、ドラマの効果音や漫画の擬音語を口にする者が多かった。

だが実際は、そうした音とはほど遠い、「パン」という短い破裂音がするだけだ。

「パン」

短い破裂音を口真似した学生が一人だけいた。杣だ。彼の顔色は今日もいいとは言えなかった。

拳銃はスミス&ウェッソン、通称S&Wと呼ばれるメーカーの三八口径五連発式をモデルに、日本の警察向けに改良したものだ。限定発射能力五千発の使い捨てだ。

風間は杣に訊いた。「拳銃事故防止三大鉄則の標語を言えるか」

「『取り出すな指を入れるな向けるな人に』です」

「おかしいと思わないか」

「……どこがでしょうか」

「取り出してはいけないし、指を入れても駄目ときた。この標語を守っていたら拳銃には触《さわ》れんぞ。しかも向けるな人に、だ。犯人に向けることも禁止では、何のための拳銃だ？」

「そう言われてみれば、そうですね」

「標語を鵜呑みにするな。これは、つまり、それぐらいピストルを使うのはまれだ、ということを言っているに過ぎない」

「はい」

あくまでも例外的な試しとして、実銃を持たせ、実際に一発ずつ撃たせてみたところ、女子学生たちも臆せず発砲した。しかし、陶子だけは極端にこれを怖がった。

授業が終了し、学生たちを射撃場から出したあと、兼村と杣、そして陶子の三人だけはその場に残らせ、拳銃と弾丸の数を点検するように命じた。

その作業が終わるのを待ち、風間は兼村の前に立った。

「一つの状況を頭の中で想像してほしい。いま目の前に、ライフル銃を持った凶悪犯がいて、近い距離できみと向き合っている。そんな状況をだ」

兼村は眼鏡のつるを指でつまんだ。一見すれば冷静な素振りだが、レンズの奥で忙《せわ》しなく瞬きを重ねているあたり、内心では質問の内容にやや戸惑ったらしい。

「想像できたか」

「はい」

風間は兼村の肩に手を置いた。筋肉の硬さを活動服の上から測ってみる。

「まだ緊張感が足りんな。——あっちを見てみろ」

わずかに首を動かすことで、横を向くよう指示する。

兼村の顔が一瞬にして蒼《あお》ざめた。

視線の先で、杣が拳銃を構えていたからだ。

距離にして三メートル弱。それだけの近い位置から、銃口を胸の辺りに向けられ、兼村はさすがに色を失った。何か言おうとしているようだが、酸素不足に喘ぐ金魚を思わせる仕草で口を動かしただけにとどまり、明瞭な言葉は出てこない。

「今度はしっかりと緊張したようだな。では質問しよう」杣の方を指さした。「あの銃を持った凶悪犯に、持っているものを手放すよう、こちらの意思を伝えたい。そのとき、きみは具体的にどんな言葉を用いる?」

兼村は俯きがちになり、眉間に深い皺を作った。杣に引き金を引く気はないはずだ、と自分に必死に言い聞かせてでもいるのか、ときおり小刻みに首を振っている。

ややあって顔を上げたが、眉間の皺はまだ消えていなかった。

「……銃を、捨てなさい、です」

こちらの顔を窺いつつ、ちらりと杣の方を気にした兼村に、

「違うな」

風間はゆっくりと首を横に振った。

「……では、銃を下ろしなさい。それとも、下ろしてください、ですか」

「いや、『銃』という部分が問題だ」

「では、ライフル銃を捨てなさい、でしょうか。より具体的に」

「残念だが、それも不正解だ」

「ガンを捨てなさい。小銃を捨てなさい」

「まだ違うぞ。本当に冷静な警察官なら、そうは言わない」

兼村の額に汗が浮き始めた。彼はそれを活動服の袖で拭おうとしたが、途中で「え

っ」と短く声を発し、腕の動きをぴたりと止めた。

いまになってようやく、杣の手にあるものが本物ではなくゴム製の模擬銃だと気づいたようだ。蒼ざめていた顔面に赤味が徐々に戻ってくる。

安堵したせいかどうか定かではないが、ここで兼村の脳裏に何か閃《ひらめ》いたことは確かだった。彼は再び眼鏡のつるに指をやり、勢いよく押し上げた。

「もしかして、〝武器〟を捨てろ、ではありませんか」

「正解だ。あるいは〝持っているもの〟でもいい」

もし犯人が、包丁やナイフなど火器以外の武器を手にしているとき、うっかり『銃を捨てろ』と言えば、相手をいたずらに混乱させてしまい、事態はより危険になってしまう。

「気が張り詰めているときには、普段から口にしている言葉がそのまま出てくるものだ。銃口を向けられたら緊張も極限に達するだろう。だから銃でもライフルでもなく、武器という一般的な言葉で訓練しておくことが大事になってくる」

そのように説明してやったところ、この知識が気に入ったらしく、兼村は早い調子で何度も頷いた。

「ところで」風間は顔の向きを変えた。「伊佐木、きみにも一つ質問がある」

「何でしょうか」

こちらに向けた顔の額には、うっすらと汗をかいていた。

「『はい』か『いいえ』でずばり答えてほしい。――きみたち女子学生は、寮で喫煙していたのか」

視界の隅で、兼村の肩がぴくりと反応したのが分かった。

陶子は、一つ瞬きをした。

「いいえ」

彼女の返事は、語尾が少し上がっていた。どうしてそんな質問をするのか、と逆に問いたいようだ。

「いや、女子たちは、きみを除いてみんな、手首にニコチンパッチを貼っていたんでな。禁煙するために必死なのかと思ったんだよ。――では、なぜそんなものを貼っていたのか、理由を知っているか」

「はい。試験でいい点数を取るためです」

「試験？」

問い返しの言葉を先に発したのは兼村の方だった。

「ニコチンを体の中に入れると記憶力がよくなる――そういう情報を誰かがどこかで

仕入れてきたみたいなんです。そんなわけで、みんなが、じゃあパッチを貼って勉強してみようか、という話で盛り上がって、本当にやったんです」

「よく分かった。しかし伊佐木、きみだけは仲間に加わらなかったな。なぜだ」

陶子は俯いた。額に浮いた汗の粒が、いっそう量を増したように見えた。

「答えたくなければ答えなくていい」

「教官」顔を上げた陶子の額に前髪が張り付いた。「これって規則違反なんですか」

「いや。ニコチンパッチの使用を禁ず――そんな決まりはどこにも書かれていないから、安心していい」

「ですよね」

「とにかく、ありがとう。助かったよ。もう少しで、きみ以外の女子学生に退学を迫ってしまうところだった」

ゴム銃をすべてケースに詰め終え、ロッカーにしまうと、陶子が射撃場から出ていった。

だが兼村の方は青い顔をして、その場に残っている。

彼は何か言いたそうだったが、今度は風間の方が機先を制した。

「本当に危なかったよ。きみが上げてきた注意報告を鵜呑みにしていたら、取り返しのつかない事態になるところだった」

兼村は俯き、肩を震わせた。

「きみが言ったとおりだ。十分に人を傷つける凶器になるな、誤報というやつは」

14

五月十五日、日曜日の午後、風間はさきがけ第三寮に出向いた。

廊下に立たせられている学生が二人いた。長期課程の学生だ。

「風呂では、桶《おけ》と椅子は放置せずに、使い終えたらすぐに隅の置き場に戻すこと！」

「浴室に入るときは、バスタオルを入口のすぐ近くに置いておくこと！」

「出る前には、浴室内で、できるだけ体を拭いて、脱衣所の水損を可能なかぎり防止すること！」

入浴に関して、教官の逆鱗《げきりん》に触れることを、何かやらかしたらしい。浴室の出入口前で、二人はそんな言葉を大声で復唱させられている。

そこからさらに廊下を進むと、物置として使っている部屋の前で、学生が一人待っていた。杣だ。

今日も生気のない顔をしていた。

いわゆる難民と呼ばれる人たちがそうであるように、人間は疲れ果てると表情を失《な》くす。新入りのうちは生気のある顔だった学生も、閉鎖的な校内で暮らして自由を奪われていくうちに、喜怒哀楽の感情を喪失していく。そうなると、頰の筋肉が固まってしまう。そのような現象は、これ以上苦しまないよう自己防衛のために仮面を被《かぶ》る行為であるとも解釈できた。

杣の場合は、それとはいささか違っているようだ。何か重大な悩み事が発生し、心中に錘を抱えたせいで表情が消えた。そのように感じられてならない。

風間は物置に入りながら言った。「まず、きみに謝らないといけないな」

「どうしてでしょうか」

「いつかわたしがきみに言ったろう。『顔色が悪い』と」

「覚えています」

「あれは、常識的には禁句だ」

「そうなんですか」杣の眉毛が上がった。「なぜでしょうか。初耳です」

「人に顔色が悪いと言い続けたら、言われた方はいずれ本当に病気になってしまうからだ。これは医学的にはよく知られた現象だ」

「分かりました。それも覚えておきます」

　風間は物置から出た。

「今週は、きみが物置部屋の管理当番なんだな」

「そうです」

「ここにあるはずの備品が紛失したという報告が上がっている。ほかの学生からな。心当たりはないか」

「ありません」

「分かった。今後、何か気づいた点があったら教えてくれ」

「承知しました」

「できれば、この件は当番であるきみの手で、真っ先に報告してほしかったよ」

「申し訳ありません」

　この態度は肝が据わっていると解釈していいのか、杣は終始無表情で、受け答えの口調もやけに淡々としていた。

　警察学校という場所で生き延びるために、学生たちはさまざまな方策を編み出す。徹底的に自分を鍛え上げてサバイバルしようとする者もいれば、プライドをかなぐり捨て、ひたすら教官と先輩に媚《こ》び、同期の助けを請い、頭を低くしてどうにか卒業まで漕《こ》ぎ着けようとする学生もいる。

杣のように、じっと己を殺して無表情を貫く。それも生き残りの手段だろう。

「せっかく来たついでだ。きみの部屋を見せてもらおうか」

「どうぞ。こちらです」

間髪を容《い》れず答え、杣は先に立って歩き始めた。

二階の端にある自室のドアを彼は開けた。

風間は入口に立って中を覗き込んだ。

一瞥《いちべつ》しただけで、どの学生の部屋よりも整頓が行き届いていることが分かった。

敷布団と掛け布団は三つ折り。毛布は半分に折ってから四つ折り。シーツは細長く畳んでから半分にする。それらを下から敷布団、掛け布団、毛布、シーツ、枕の順で重ねる。折り目はすべて手前側にそろえておく。

寝具に関するそうした決まりを、ここまできっちり、きれいに守っている学生も珍しい。

「何も言うことはない」

机の抽斗。そしてベッドの下とクローゼット。それら死角になっている部分までは敢《あ》えて点検せずに、風間はその場を離れた。

兼村の部屋は、同じ階の反対側の端だった。

風間は腕時計に目をやった。午後二時を少し過ぎていた。先日、インターネットでT新聞社のページを閲覧してみた。それによれば、この時間はちょうどキャリア採用の面接が予定されている時刻だった。

ドアの外に立ってみた。気配で、室内に人がいると分かった。

念のため、近くを通りかかった隣室の学生に訊ねてみる。「兼村はどうしている」

「彼でしたら、今日はずっと部屋にこもっています。何があったのか、ちょっと前まで落ち込んだ様子でしたが、このところは気を取り直して、かなり意気込んでいるようです。次にある刑訴法の試験で一番を取る。そうはっきりと宣言しているぐらいですから」

15

この日寄せられた注意報告は全部で七通あったが、取り立てて目を惹《ひ》くものはなかった。ただ一通を除いては。

【平助教に相談に乗っていただけませんでしたので、友人はかなり落ち込んでいるようです。申し訳ありません。のっけから非難めいたもの言いになってしまいました。お許しください。

それにしても、友人の悩みはますます深く、夜も眠れないぐらいです。このままでは日々の勉学や訓練に差し支えますので、わたしはまず彼にコーラを飲ませました。コーラには性欲を鎮静する成分が含まれているらしいと、前に聞いたことがあったからです。何でも前線にいるアメリカ兵たちが戦闘に集中できるようにとの配慮からだそうです。不自由きわまりないこの学校で、わたしにできることはこの程度でした。もちろん効き目などあるはずもなく、友人の餓《う》えは募るばかりです。こうなったら、わたしは彼にこうアドバイスするしかなさそうです。「いくら机の前で心理学の本を読んでも、恋愛の悩みは解決しない。じっとしていないで、とにかく行動に移せ」と。よろしいでしょうか。比嘉太偉智】

今日も学生に混じって昼食をとるつもりでいた。注意報告をファイルに綴じたあと、風間は教官室を出て食堂へ向かった。

久光に捕まった先日は、彼に合わせて焼き魚を選ぶしかなかったが、今日はトマトソースのオムレツにした。

これも学食とは思えないほど味がいい。自分が学生だった当時に比べれば厚生の面もだいぶ改善されたようだ。この点も、優秀な学生を引き留めておく一助になるだろうから、こちらとしてはありがたいかぎりだ。

ふと甘い香りが鼻腔《びこう》に流れ込んできて、風間はオムレツから顔を上げた。ちょうど優羽子が向かいの席に座るところだった。

「兼村はここに残る決心をしたようですね」

「らしいな」

優羽子がトレイに載せているのは焼き魚の定食だった。

「いったいどんな手をお使いになったんですか」

風間はいったん優羽子の問い掛けを無視した。

どこからか送られてくる強い視線を感じたせいだ。

素早く周囲を見渡すと、一瞬だけ記憶が過去に飛んだように思った。刑事時代に経験した数々の張り込みを思い出したせいかもしれない。

向かって右側。視界の隅で、すっと目を逸らした大柄な学生がいた。視線の主は、間違いなく彼――比嘉だろう。

気になるのは、いまの視線には妙な粘り気が含まれていた点だった。

「言ってみれば」

何もなかったふうを装い、風間は優羽子のトレイを手で指し示した。

「その鰯の調理法と同じ手だよ。片方ずつ焼いたのさ」

優羽子は目をすっと細めることで、ささやかに怒りの色を覗かせてみせた。

「またわたしを煙《けむ》に巻いて楽しむおつもりですか」

風間は小さく笑った。

「そんなつもりはなかった。なに、ただ『おまえは刑事に向いている』と『しかし新聞記者には向いてない』——この二つのメッセージを前後して送ってやっただけだ」

一つの賭けだったが、辞めてほしくないというこちらの気持ちが通じたということかもしれない。

頷きながら、箸を使って鰯の裏と表を交互に眺めたあと、優羽子は視線を横に動かした。その先には一人の女子学生の姿があった。

「実は、気になる学生がいます」

優羽子がそうしたように、風間も声のトーンをぐっと落とした。

「伊佐木陶子か」

「そうです。こちらは朗報とは言いかねます」優羽子はトレイに視線を戻した。「ご存じですよね、彼女の成績が最近どんどん落ちていることは」

風間は頷いた。無論、承知している。

「先日の拳銃操法で、彼女だけ怖がって発砲できなかったことは、教官もご覧になったとおりですが、その後にあった学科の小テストでも、ことごとく酷《ひど》い点数ばかりです」

「そろそろ何か手を打った方がよさそうだな」

「そうしていただければ、わたしも安心です」

「とりあえず、簡単な面談をしておこうと思う。明後日《あさって》の昼十二時半、教官室に来るよう彼女に伝えておいてもらえるか」

止めていた箸を再び動かしつつ、風間はもう一度視界の右側に視線を走らせた。

比嘉の姿はすでに消えていた。

16

「警察官として採用されたきみたちは――」

そこで風間はいったん言葉を切った。教場の雰囲気がいつもと違うような気がしたからだ。

本来なら三十七人いるはずだった。だが一人か二人、見知らぬ学生が混じっているような気がするのだ。そのせいで教場が狭くなっているように感じられる。

教壇から素早く室内全体を見渡した。一列が六席。それが六列。窓際だけがプラス一。座席の数は合計三十七で、間違いなく普段どおりだ。

「——きみたちは、法律違反者を取り締まる側に立ったわけだ。だが自分が偉くなったと錯覚してはいけない。その錯覚は慢心につながる。慢心すれば犯罪者に裏をかかれることになる」

気のせいか。そう思い直し再び話し始めたが、違和感はまだ消えない。

「例えば、駐車違反の黄色いステッカーを自分で作ってしまった者がいる。つまり取り締まられる前に自分で取り締まれば、違反がバレないだろうというアイデアだな」

学生たちが笑い声を上げる中、最前列にいた一人が「それは作り話ですか」と訊ねてきた。

「いや、実際にあった事例だよ。しかも、その精巧なステッカーを売って金儲けをする者まで出てくる始末だ」

また教場内が軽く沸いた。

「たしかに笑うしかないような話だな。しかし、真剣に考えてみてほしい。きみたちがその黄色いステッカーをぱっと見て、果たしてすぐに偽造だと気づけるか」

学生たちの頬が徐々に下がっていった。

「おそらく無理だろう。犯罪者はそうした盲点を突いてくる。だからあらゆることを当たり前とせず、疑ってかかる癖をつけることだ。常に疑問を持て。自分がいま目にしているものに裏はないのか、とな」

突然、がたっと音がした。

廊下に近い方の座席で、学生の一人が、太腿《ふともも》の裏側で椅子を蹴るようにして、すっと立ち上がったせいだった。丸みを帯びた顔の輪郭、垂れ気味の目。漆原透介だった。

漆原は窓の方を向くと、右手を上げ、一点を指さした。

「ふざけやがって、てめえっ」

その口から上がった怒声に、教場全体が凍りついた。

「あ？　おれに言ってんのかよ」

窓際の席で、「れ」の発音をやや巻き舌気味にしてそう応じたのは、ハーフリムの眼鏡をかけた小柄な学生だった。兼村昇英だ。

「おまえ以外に誰がいるよ」

部屋の後方へ向かって歩き出した漆原と動きを合わせるように、兼村は、

「やんのか、この野郎。上等だ」

薄いレンズの奥で目をすっと細め、ゆっくりと立ち上がった。そして彼もまた席を離れ、後方にできた少し広い空きスペースの方へ歩を進めていった。

両者が睨み合いながら移動していく様を、ほかの学生たちは、あっけに取られながら首を左右に動かし動かし追いかけている。

両者は一メートルほどの距離を置いて対峙した。

やがて、目をぎらつかせた漆原の手がズボンの尻ポケットへと伸びた。前に戻した彼の手には、何かが握られていた。学生たちが一斉にさわめいたのは、それが折り畳みナイフに違いないからだった。

漆原の指先が、ゆっくりとした動作で、しまわれていた刃を柄《つか》の中から引っ張り出すと、女子学生の誰かが悲鳴に近い声を上げた。

だが、当の兼村は顔色を少しも変えなかった。それどころか、漆原の手にした得物《えもの》を鼻で笑ってから、彼もまたポケットに手を差し入れた。

今度は男子学生までが何人か、叫ぶような声を上げた。兼村が制服の内側から取り出したものが、明らかに拳銃の形をしていたからだ。

その様子を、風間は教壇からじっと見ていた。

「そこまででいい」

静かに声を放ったのは、兼村が右手に握ったリボルバーの撃鉄を起こしてからだった。

「二人とも、ご苦労だったな」

この言葉に、漆原と兼村はとたんに構えを解いた。そのせいで、二人の仲裁に入ろうと立ち上がりかけていた二、三人の学生は、中腰のまま固まる羽目になった。

「なかなか上手かったよ。よくやってくれた」

続けて風間が言うと、漆原と兼村は急に笑顔になり、拳と拳を合わせ、それぞれの席に戻っていった。

この時点で、だいたいの学生は事態を理解したような顔になったものの、受けたショックは大きいらしく、表情の端には一様に困惑の色を残していた。

「みんな心配しなくていい。漆原のナイフも兼村の拳銃も訓練用のイミテーションだ。まずは二人の名演技に拍手を送ってくれ」

いまだにぽかんと口を開け、内心の混乱ぶりをはっきりと顔に表している学生もいたが、風間はかまわず続けることにした。

「さて、大事なのはここからだ。きみたちに課題を出そう。いま見たことの一部始終を想《おも》い出し、正確なレポートを書くように。漆原と兼村がどう行動して、どんな台詞を口にしたか、できるだけすべてを紙上に再現することだ。締め切りは明日の正午としよう。分かったな」

二人の学生を協力者にして仕組んだ記憶力のテスト——いまの一幕の正体がここまではっきりすると、さすがに呆然《ぼうぜん》顔の学生はいなくなり、席の近い者同士、担がれたことを互いに小声で茶化し合い始めた。

「静かにしないか。さっき言ったばかりだろう。何事も疑ってかかれ、と」

17

【黒板に向かって右側、つまり廊下側の席で、机と椅子が大きな音を立てたため、私は反射的にそちらへ顔を向けた。見ると、漆原透介巡査が立ち上がっていた。彼は横を向き、私の座席がある方、すなわち窓際の方を指さしていた。

「てめえ、ふざけてんじゃねえ」

これまで漆原巡査がそのように乱暴な言葉を発した場面を、私は見たことがなかった。いったい何事かと身構える間もなく、今度は私のそばに座っていた兼村昇英巡査が「おれに言ったのか」と応じて立ち上がった。

このとき私がやや不自然に感じたことがある。兼村巡査の反応が早すぎたのだ。普通なら、授業中にいきなり誰かに指をさされて怒声をぶつけられたりすれば、「え、おれなの？」というように、しばらくのあいだ戸惑うはずではないのか。それが当たり前の反応というものだろう。

しかし兼村巡査は、漆原巡査が声を発してから、ものの一、二秒ほどで「おれに言ったのか」と応じたのである。そのため、この時点で私は、もしかしたら両者は示し合わせた上で芝居をしているのではないか、という疑念を抱いたのだった。

その後、教場後方で両者が向き合い、まず漆原巡査がポケットから何かを取り出した。それが折り畳みナイフだと分かって一瞬驚いたが、もっとよく目を凝らしてみると、模造品であることはすぐに察知できた。なぜなら刃の部分に蛍光灯の光が当たったとき、反射の仕方が一様でなかったからだ。表面に微妙な凹凸があったせいで、ある部分は明るく、ある部分は暗く見えたのだ。そのため、これは木材にアルミの膜を貼った小道具に違いないと確信できたのである。

また、続いて兼村巡査が取り出したリボルバーに関しても奇妙な点があった。あれだけ重量があるものを兼村巡査は制服の内ポケットにしまっていたが、それならば、必ず着崩れというものが起きるはずなのだ。だが、それまで兼村巡査の着こなしに不自然な点は見当たらなかった。だから、あの拳銃は重量のない偽物ではないかと見当がついた——」

そこまで目を通したとき、背後で人の気配があった。鼻腔に流れ込んできたのは、かすかな甘い香りだ。首を捻《ひね》るまでもなく、優羽子がこちらの手元を覗き込んでいるのだと分かった。

「ずいぶん冷静に観察していますね、そのレポート」

優羽子の表情には今日もどこか翳りがあった。

「ああ。ざっと見たところ」風間は、背凭《せもた》れに預けていた背中を半分ほど起こした。「これが最も優秀だったよ」

「誰が書いたものですか」

レポート用紙に書いてある名前を示してやった。「杣利希斗」の文字は、下手でもなければ上手でもない。本人が基本的に無表情であるように、筆跡にもほとんど個性が感じられなかった。

「他の学生はどうです？」

「まだまだというところだな」

昨日の二時限目に行なわれた地域警察の授業で、漆原と兼村に協力してもらって実施した記憶力テスト。そのレポート三十五人分に目を通すのは難儀だと思っていたが、実際のところ、時間はほとんどかからなかった。合格点を与えられるほど正確かつ詳細に記述できている者は、ほんの数人しかいなかったからだ。

省略や付加、順序の改変がこれほど多いとは予想外だ。特に酷いのは伊佐木陶子だった。

【漆原巡査が立ち上がって、何か怒鳴った。続いて、兼村巡査が拳銃を取り出した】

その程度しか書けていない。文字の並び方にも乱れがある。

「それから、これですが、やっと集まりました」

優羽子が渡してきたのは書類の束だった。学生名がずらりと書いてあり、その右に「cm」の欄が設けられた用紙だ。

「ありがとう」

受け取ってめくってみると、どの紙にも一つの空欄もなしに、数字がびっしりと書き込んである。全員が全員に対し身長を予測したということだ。

「さてと助教、先日、伊佐木の呼び出しをお願いしておいたはずだが」

「ええ。忘れていませんよ。連絡はしてあります」

「では、そろそろ来るころだな」

壁の時計に目をやり、間もなく十二時半になるのを確かめながら風間がそう言った直後、ドアがノックされ、陶子が姿を見せた。

丸椅子を指し示してやると、陶子は首だけでこくりと礼をし、そこへ腰かけ、視線を机の上に向けた。

学生たちが提出したレポートの束。その隣には書籍が七、八冊ほど積み上げてある。『善と悪の心理学』、『警察の世界史』、『体感！　身近な実験教室』、『芸術と現実の間にあるもの』、『ベテラン捜査官が語る自己鍛錬術』、『おもしろくてこわい昔話』、『植物の目で見る宇宙』……。

そんな硬軟取り混ぜたタイトルの一つ一つに視線を走らせた陶子の瞳孔は、興味を惹かれたせいだろう、明らかに開いていた。そう言えば彼女のプロフィールには、趣味の欄に読書とあったし、親戚が書店を経営しているとも聞いている。

「きみは本好きだったな。特に小説をよく読むとプロフィールには書いてあった。その中に興味のある本があったら、いくらでも貸すぞ。どれも小説ではないがな」

「ありがたいお話ですが、いまはいいです」

陶子は顎をやや上げ気味にし、積まれた本を見下ろすようにして言った。続いてそっと長めの息を吐いたところをみると、少し体がだるいのかもしれない。

「最近の成績が酷いな。集中力をまるで欠いている。このていたらくでは、否《いや》が応《おう》でも辞めてもらうことになるが」

陶子は意味もなく自分の耳たぶを触った。それがどうしました、とでも言いたげな仕草だった。

「もしかして、体調でも悪いのか」

五月の上旬に初任科生を対象にした健康診断があったが、個人情報の保護が急速に進む昨今、その結果が教官に知らされることはない。

「……別に」

無愛想な返事になってしまったことを詫びるように、陶子はもう一度首の動きだけで頭を下げ、あとは黙り込んだ。そんな彼女の前に、風間は自分の湯呑みをとんと置いた。

「護身術の授業は何度か受けたな。その内容を覚えているか」

陶子は頷きながら「ちょっとは」と小声で答えた。

「少しテストをさせてもらおうか。――ここにいる教職員が、全員凶悪犯だと思ってほしい」

入室してからずっと、いま一つ反応の鈍かった陶子だが、いまの言葉には目を丸く見開いた。

「すまん、言い方が物騒すぎたな。まあとにかく全員、きみの敵だと想像してくれ」

「……はい」

「全員がきみに危害を加えるため、いまにも襲いかかろうとしている。そんな場合、どうやって逃げたらいい？」

開かれたままだった陶子の目蓋《まぶた》が、徐々に閉じられていった。思案する際、細目になるのが特徴らしい。そうしてしばらく考えてから、彼女はそっと唇を舐めた。

「とりあえず、手近にあるものを投げつけますけど」

「では、これをどう投げる」

先ほど陶子の方へ近づけておいた湯呑みを、風間は手で指し示した。

「触ってもいいですか」

「ああ、かまわん」

陶子の手が湯呑みを取った。重さを測るように、何度か上下させる。そうして、同時に質問の意図をも推し量っているようだった。

ややあって何か思いついたらしく、陶子の視線が湯呑みから離れ、代わって頭上へと向けられた。

18

手摺りの木材が、踊り場の窓から差し込む光を反射していた。

階段を降りながら触ってみると、思いのほか摩擦が少なく、表面がつるつるしている。

言うまでもなく学生たちは若い。だからフロア間の移動に手摺りなど必要がないかというと、実際は違う。

あらゆることが分刻みで進むこの学校では、誰もが駆け足で階段を昇降する。そのときに重宝するのが手摺りだ。昇るときには、少しでも楽に自分の体を引き上げるために使われる。降りるときには、万が一足がもつれた場合の転倒防止装置として機能する。

二階での所用を終え、一階に降りたところ、廊下でちょうど優羽子と出くわした。一緒に教官室に入ってから、風間は一枚の注意報告を彼女に見せた。

【寮の倉庫から紛失したままになっているポリタンク、盥、スプレー缶に入った殺虫剤、スポーツ用の携帯酸素は、いまだに戻ってきておりません】

マスコミ業界への転職を諦め学校に留《とど》まることを決意したあとも、兼村は相変わらずこまめに注意報告を送ってよこしていた。

「この備品紛失の件は、まだ学生たちには伝えていないな」

口外するなと優羽子には以前命じておいたが、一応念を押してみる。

「ええ。――でも、これが何か?」

「今日の四時限目、みなに教えるつもりだ」

「それはわたしも楽しみです」

「ついては、四時限目の授業内容を映像として記録しておいてほしい」

動画撮影のできるデジカメを持参して授業に参加してくれ。そのように頼んでから風間は椅子から立ち上がろうとした。

「失礼ですが、さすがに教官もお歳《とし》ですね」

ふいに優羽子が放った言葉に、浮かしかけた腰が一瞬止まった。下手な返事は控え、次の言葉を待つ。

「さっきお見かけしたところ、手摺りを使っていらっしゃいましたので」

「それが珍しいことかな」

「ええ。わたしが知る限り、いままでは、階段を降りるとき、それに頼ることはありませんでした」

「細かいところまで観察しているな。頼もしいことだ」

軽く笑ってみせてから、風間は教官室を出て花壇に向かった。

赤玉土《あかだまつち》が四、腐葉土が一、苦土石灰《くどせっかい》が一。この割合で混ぜた土に化成肥料を一握り加えた。

できあがった土を花壇の隅に撒《ま》いたあと、人差し指で押してやり、二センチ程度の深さに小さな穴を掘る。

空を見上げれば、いまにも雨粒が落ちてきそうな曇天だが、季節はもう六月下旬。外で土をいじるには、これぐらい雲に厚みがあっても足りないぐらいだ。

花壇の向こう側に人の姿が見えたのは、指先で三つ目の穴を掘ったときだった。

午後一時少し前。朝から晩まで目まぐるしく学生たちの動き回るこの学校が、どうにかほっと一息をつくのがこの時間帯だ。

初任科、現任補習科、初級幹部科、中級幹部科の学生に、教官と事務職員を合計すれば、いま校内に在籍している者の数は三百人近くにもなるか。それだけの人数がいても、昼休みの中庭散歩を日課にしている者は久光ただ一人だけだ。

「風間くん」久光が隣に立った。「きみはいつから園芸が好きになったんだね」

「学生としてこの学校にいたころからです」

「ある外国の作家によると、園芸家というものは未来に生きているそうだ。薔薇《ばら》の花が開けば、来年はもっときれいに咲くだろうと考える。いまは小さな株が、十年経ったら一本の大樹になるだろうと思う。そして彼らは願う。早くこの十年が経ってくれたら、とな。そもそも、きみはなぜ植物が好きになったんだ」

「なぜでしょうね」

答えを濁しておいた。

土を作り、種を蒔《ま》き、水をやり、肥料を与え、雑草を取る。植物を育てるのは手間のかかる仕事だ。しかし、成長していく過程には、その苦労を補って余りあるほどの感動が秘められている。驚異的な生命力を、身近で実感することができる。

そのあたりに惹かれているのだろうことは自分でも理解しているが、長々と言葉で説明してもしかたあるまい。

「わたしにも手伝わせてくれないか」久光もしゃがんだ。「このごろ運動不足で困っているんだ。少しでも体を動かしたい」

「では、指先でここの土に穴を五つぐらい開けてもらえますか。穴ができたら、夏大豆の種を一箇所につき三粒ずつ入れていっていただきます」

「任せろ」

久光が素手の指先で土に穴を開けたところ、できた窪《くぼ》みの内側がひとりでに崩れた。かと思うと、そこから長い触角が覗き、大きなハサミムシが黒光りする体を勢いよくくねらせながら姿を現した。

突然の出現だったが、久光はまるで動じなかった。

体長三センチほどもありそうなそのヒゲジロハサミムシが、穴から出て花壇の中へと消えていくのを面白そうに観察してから、校長は次の穴作りに取り掛かった。

「部活には顔を出しているかね」

カリキュラムとしてのクラブ活動――久光が言うところの「部活」は、毎週金曜日の五時限目に設けられている。

地域警察と国語、それに拳銃操法と、今年度は複数の授業を任せられていた。そのように命じたことを、張本人である校長も少しは後ろめたく思っているからだろうか、

――気が向いたらどこにでも顔を出していいぞ。せいぜい楽しんでこい。

そう久光からは言われていた。

「はい。ほとんど毎週、何かしらに参加しています」

「そうか。今週はどこに顔を出すつもりだ？」

「茶道でも体験してみようかと」

久光は眉間に皺を作ってみせた。

「わたしなら、あれだけは願い下げだな。足が痺《しび》れてかなわん。いずれ園芸部も作ろうじゃないか。そうしたらきみが顧問になってくれ。——それでどうだ、風間教場の方は。その後、何か変わったことはないか」

「先月の授業で、ちょっと戸惑いました」

「と言うと？」

「学生の数が一人か二人増えたような気がしたんです。そのせいで、いつもより部屋を狭く感じました」

「ほう。いい兆候だ」

それが久光の返事だった。この校長にも教官をした経験があるから、よく分かっているらしい。

要するに、学生たちの体が大きくなってきたということだ。入学当初ダブつきのあった制服に、鍛錬の結果、体格が追いついてきたとも言える。一人ひとりの筋肉増量分はわずかでも、三十七人分も積み重なれば、ふとした瞬間、それが一種の圧迫感としてこちらに伝わってくる。だから教場が手狭になったように思えたわけだ。

「もうすぐ七月だが、まだ脱落者が一人もいないというのは立派なものだ。だが、この先はどうなることやら」

「精一杯やるだけです」

「頼もしいな。まあ、きみ一人じゃあ何かと大変だろうから、平くんに任せられる部分はどんどん預けてしまえばいい。学生だけでなく助教を育てることも教官の仕事だからな」

「はい」

「きみが培ってきた学生たちをコントロールする技術というものが、いろいろあると思う。それらを惜しみなく教えてやれ」

「そうするつもりです」

「わたしが駈《か》け出しの巡査だったころな」

夏大豆の種を穴に一粒ずつ慎重に入れながら、久光は言葉のトーンを変えた。いかにも昔を懐かしむ口調で続ける。

「盗みや喧嘩沙汰を起こした連中を交番によく引っ張ってきたもんだ。ところがあるとき上司に呼ばれ、そっと叱られたよ。そんなに働くな、と。なぜだと思う?」

「担当していたのはどこの地区です?」

久光は県都の駅前にある地区の名前を口にした。外国人の多い地域だ。

「ならば予算の関係ですね。『そんなに働くな』というのは『あまり金を使うな』ということでしょう。つまり通訳料をかけるな、と」

「正解だ。やはりきみには簡単すぎる問題だったな」

外国人の被疑者を逮捕した場合、必要に応じて通訳を派遣してもらうことになるが、民間企業に依頼すると、かなりの出費を覚悟しなければならない。

県内の業者なら、相場は一時間一万円だ。こうなると、軽犯罪の案件でさえ数十万円が吹き飛んでしまうことはざらだし、そのうえ被疑者に黙秘されたりでもすれば、何の成果も上げられないまま予算だけが消えていくという最悪の事態になる。

「どうしていきなりわたしがこんな思い出話をしたのか、きみは不思議に思っているんじゃないか?」

「ええ」

「風間くんは教官になって何年目だ」

「五年目です」

「きみは毎朝のホームルームで学生たちに短い訓話をしているだろう。だが、五年目ともなると話のネタも尽きてくるころじゃないのかね」

たしかにそのとおりだった。だから優羽子にもアイデアを出してくれと頼んである。

「そんなわけで、わたしからも何か話題を提供できればなと思ったんだよ、微力ながらね」

「ありがとうございます」

『善と悪の心理学』や『警察の世界史』といった本は、ホームルーム時の訓話用に準備したものだった。これまで自分が経験してきた仕事のエピソードだけでは学生たちも飽きるのではないか。そう考え、参考までにと雑多な本に目を通すのが、いまでは日課になっている。

こちらが机上に積み重ねた本の意味するところに、久光は気づいていたようだ。

「いまわたしが言ったような話をしてやれば、学生たちも思ってくれるんじゃないか。ようし、それなら一つ外国語の勉強に本腰を入れるか、とな」

「おっしゃるとおりです。いつか使わせていただきます」

「そうしてくれ」

最後の穴に種を入れ終え、久光はこちらの肩に手をつきながら立ち上がった。

「これからの予定は？」

「四時限目に、地域警察の授業があります」

「今日はどんな内容だ」

「グラウンドに出て、少々危険をともなう実験でもやってみようかと思っています」

「きみの地域警察は、外に出てやるパターンがやけに多いな」

「ええ。教壇の上から教えるよりも、学生たちの食いつきが遥かにいいですから」

「たしかに。『危険をともなう実験』か。面白そうじゃないか。わたしが学生だったら、一度きみの授業を受けてみたいと思うだろうな、きっと」

「おそれいります」

「まあ、せいぜい安全にやってくれ。明日あたり、きみのホームルームを覗きに行こうかと思っているよ。邪魔じゃなければな」

こちらの返事を待たずに背を向けた久光に対し、どうぞご自由にと内心で応じてから、風間は再び花壇の土と向き合った。

先ほどまで曇っていたが、四時限目の始まる午後一時過ぎになって、厚い雲は急にどこかへ流れていった。

やや西に傾いた夏の日差しが砂の上に作る人影はかなり濃い。

こめかみを汗が流れていくのを感じながら、風間はグラウンドの一角を指さした。

そこには、ポリタンク、盥、スプレー缶に入った殺虫剤、スポーツ用の携帯酸素が置いてあった。これらは、新たに買い直したものだ。

「いまからわたしがやることを、よく見ていてくれ」

整列した学生の前で、風間はポリタンクを盥に入れ、中を水で満たしてみせた。

それを逆さに立て、スプレー缶のガスを水上置換法で六分の一ほど中に入れた。残りの六分の五の容積分には酸素を入れる。

「わたしが何をしているか分かるか」

学生の一人が手を挙げる。「ポリタンクの洗浄でしょうか」

「違うな」

「では」の声と同時に別の学生が挙手した。「では、酸素ボンベを作っているのではありませんか」

「それも違う。——ヒントを出そう。いま君たちに教えているのは、過激派の手口だ」

言うなり風間は、長い棒の先端にセットした線香をポリタンクに近づけた。

数秒の間を置いて、タンクが爆発し、破片が風間の足元に散らばった。

さして大きな音がしたわけではないが、しかしまったく体に衝撃を感じなかったわけでもない。規模で言えばどうにも中途半端な爆発だったため、驚くべきなのか、それとも拍子抜けしていいのか、学生たちの反応もどっちつかずだ。

優羽子はといえば、タンクが破裂した瞬間もカメラのファインダーから目を離すことなく撮影を続けていたようだから、こうなることを予想していたのかもしれない。

「警察官には理系の知識も必要だ。何と何を組み合わせればどんな化学反応が起きるか、いまのうちからよく勉強しておくように」

煙が喉に入り込んだため、ここで軽い咳を一つ挟まなければならなかった。

「爆発物の通報は年々増えている。都市部の交番なら、ほぼ毎日寄せられる案件だ。きみたちも、卒配後すぐに、きっと不審物のある場所へ臨場する羽目になるだろう。覚悟しておけよ」

はいっ。爆発についてはどっちつかずの反応を見せた学生たちだが、立ち込めていた煙を掻き分けるようにして届いた返事の声はよくそろっていた。

19

　今朝の出勤は優羽子の方が早かった。

　ベストを着た背中を丸め、熱心な様子で鉛筆を動かしている。机に置いてあるのはA6判の画用紙で、彼女はそこに、誰かの似顔絵を描いていた。

　丸顔で目は垂れ気味。いま手がけているモデルは漆原のようだ。

　似顔絵の技術は、刑事になるときの講習で徹底的に仕込まれる。優羽子の場合も、その腕前については折り紙付きだ。

　顔を上げ、挨拶をよこした彼女は、鉛筆を握っていくらか気が紛れたふうではあるが、表情の端には相変わらず悄然《しょうぜん》とした様子をとどめていた。

「もしかして、学生全員分を描くつもりか」

「ご名答です。卒業式の日までに仕上げて、一人ひとりに配るつもりでいます。よろしいですよね」

「もちろんだ。みんな喜ぶだろう」

朝のホームルームで教壇に立つと同時に、教場の後ろにあるドアが開いた。

学生たちの顔に緊張が走ったのは、入ってきたのが他ならぬ校長だったせいだ。

ホームルームを覗きに行く――昨日の昼、花壇で語った言葉は単なる社交辞令の類ではなかったようだ。

久光は、教場後方の壁に背中を預け、腕を組んだ。とりあえずその姿を意識から消すよう努めながら、風間は学生たちに向かって口を開いた。

「A、B、Cという三人組がいた。三人とも年齢は、ちょうどきみらと同じだと思ってくれていい。あるとき、彼らは一緒に登山をしたが、猛吹雪《もうふぶき》に見舞われ遭難してしまった。雪洞《せつどう》を掘って避難したものの、Cは体調が悪化して動けなくなった。途方に暮れたAとBのうち、頭のいいAの方が、『このままでは全員が危ない。ぼくが一人で外の様子を見てくる』と言い、二人を残して出ていってしまった」

ありがたいことに、学生たちはこの話に興味を持ってくれたようだ。校長の存在は意識から消えたらしく、誰もが神妙な顔でこちらへ視線を集中させている。

「ところが、いくら待ってもAは戻ってこない。残されたBは、『しかたがない。ここで凍え死ぬよりはましだ』と判断し、倒れたCを背負って深い雪の中を歩き始めた。幸いBはCと一緒に救助隊に助けられた。――さて、ここからが問題だ。下山の途中でBが遭遇したものがあった。それは何か？」

挙手した者はいなかった。みな首を捻っている。

「では宿題にしよう。自分一人で答えを考え、レポート用紙に書いて提出するように。一週間の猶予をやろう。これは難問の部類だからな」

一時限目の授業は犯罪捜査だ。今日は指紋採取の実習をするらしい。ホームルームが終わると、学生たちはその授業が行なわれる教場へ移動していった。

誰もいなくなってから、久光が近くへ寄ってきた。風間は教壇を降りた。

「いまの雪山の話だが、ずいぶん面白そうな問題を見つけてきたじゃないか。それで、答えは何だね」

「ご自分でお考えください」

上の地位にある者への受け答えにしては、ずいぶん突き放した言葉だ。それが、すんなりと口をついて出た。いつも優羽子に言っている台詞と一緒だから、口癖になってしまったのかもしれない。

「なかなか手厳しいな。ところで――」

久光は眼鏡のつるを指先でつまんだ。

「昨日、『少々危険をともなう実験』と言っていたが、どんなことかと思ったら、爆発物について教えたそうじゃないか」

「はい。実は先手を打ったつもりです」

「先手……？　と言うと」

「あの実験で使った材料が、寮の物置部屋から紛失したものと同じであることは承知していらっしゃいますね」

「ああ」

「M県警で爆発物騒ぎの不祥事があったことも、校長ならご存じでしょう」

「ああ、いつかの新聞に出ていたな」

そこまで言ってから久光は、なるほど、と独り言ちた。

「ここの学生にも、退職を目論《もくろ》んでいるやつがいるかもしれない、ということだな。M県警の事例を真似することで辞めちまおう、と考えている者が」

「ええ」

「きみはそれを事前に牽制《けんせい》したというわけか。辞めようとしているそいつに、皆の前で一種の脅しをかけたわけだな。こっちはすっかりお見通しだぞ、と」

「おっしゃるとおりです」

「しかし、わざわざ爆弾作りとはな。どうしてそんなに回りくどいやり方をする必要があるんだ？　出ていきたいなら『辞めます』と口で言えば済むだろうが」

「面と向かって我々教官に退校を切り出すことが、心理的にどうしても無理だという場合もあるでしょう。あるいは、立場上辞意を口にすることができない。そういう学生もいるのではありませんか」

「……要するに、弱音を吐くことを許されない立場の学生か」

久光はまた眼鏡に手をやった。今度はそれを外し、レンズについた埃をふっと息で払ってからかけ直す。

「たしかにいるな。真っ先に浮かぶのは〝警察一家〟の連中だ。そうだろ？」

「はい。わたしも同じ考えです」

親が警察官か……。また独り言ち、久光は顎に手を当てた。学生のプロフィール一覧。そこに記載されている家庭環境を思い出そうとしているようだ。

「家族や親戚一同がみな警察官なら、そりゃあたしかに自分だけ軽々しく辞めますと口にするのは難しいかもしれんな。だが――」

久光は教場を出た。風間も後に続く。

「過激派の手口を研究しようとしていたら、うっかり爆発騒ぎを起こしてしまった。そんな伏線でも準備してあれば、『こうなった以上、責任をとって退職します』と、すんなり持っていけるわけだな」

「そういうことです」

「警察一家といえば、まず挙がるのは伊佐木陶子の名前か。親父《おやじ》さんだけでなく、叔父までお偉方だからな。だが、爆弾用の備品が盗まれたのは男子寮だ。すると女子は容疑の圏外ってことになりそうじゃないか」

「でしょうね」

「男子なら誰がいる？　そもそも今期の〝一家率〟は何割ぐらいだ」

一家率。久光による即席の造語だろうから耳に慣れていないが、言いたい意味は明確だ。

「例年と同じく、約三割です」

「人数にすれば？」

「三十七名中、十一人ですね」

「そのなかで風間くん、きみの頭にぱっと浮かんだ被疑者は誰だ」

「何とも言えません」

そう言いながら風間は、杣利希斗の顔を脳裏に描いていた。

「本当はなりたくないのに、周りから警察官になることを強制される連中か……」久光は痰《たん》でも吐き捨てるような口調になった。「まったく厄介な存在だな、特にここでは」


その日はいつもより時間の流れが遅いように感じられた。

茶道クラブの部屋へ足を運んだところ、抹茶の香りは廊下まで漂っていた。

他県に比べても設備は整っている方だと思うが、さすがに専用の茶室まではない。

茶道クラブは広めの教場にユニット畳を持ち込んで行なわれている。

参加させてもらうことは、外部から招いた講師に、あらかじめ告げてあった。

「新しい茶碗《ちゃわん》を使いたければ、その前にまず、お米のとぎ汁を入れた水で煮るようにします。そうすると、焼き物の粗い隙間に米ぬかが染みこんで、茶碗の表面がたいへん滑らかになるのです」

そんな説明をしている講師に、視線だけで軽く挨拶し、風間は部屋を見渡した。

クラブに参加している十人の学生は、二人一組になって向き合っていた。一人が亭主、一人が客人になり、実際には茶を点《た》てず、稽古用の碗で動作の練習をしているところだった。ただ、菓子器の中に入っている落雁《らくがん》だけは実際に食べられるもののようだ。

杣と比嘉の姿はすぐに見つかった。杣はどちらかと言えば小柄、一方の比嘉は九〇キロ級の柔道選手だから、並んだ姿は大人と子供といった趣だ。

「わたしも混ぜてもらおうか」

客人役である比嘉の隣に正座したところ、

「風間教官、茶道というのはですね」巨体の主が耳打ちしてきた。「一つ一つの行動すべてが研究し尽くされているんです。まったくソツのない方法というか、法則ができているらしいです。ですから、茶道を覚えると、ほかの仕事も無駄なく最短距離で処理できるようになるんです」

このクラブでは彼らの方が先輩だ。いま比嘉の披露した話は自分も知っていたが、素直に感心したふりをして頷いておき、風間は亭主役の杣へ向かって顔を近づけた。

杣は比嘉に茶碗を渡した。比嘉はソーセージのような太い指で、その茶碗を何度か回し始めた。

作法どおりなら、茶碗の模様やへこみを亭主の方へ向けるものだ。だが、比嘉はそうした見所の部分を隣に座った風間に見せてきた。やはりスポーツをやっている者は上下関係にことのほか敏感だ。

「もっとわたしに近づいてくれないか」

風間が二人に向かってそう告げると、彼らは顔を見合わせてから、同時に動いて膝を詰めてきた。

「もっとだ」

もう一度視線を交わし、また同時に動いた。なかなか息が合っている。

「本物の茶室というのは狭いものだ。大人の男が三人も入れば、このぐらいの距離になる」

「そうですね」と比嘉が応じる。

「考えたことがあるか。どうして茶室は狭いのかを」

二人は首を捻った。

「相手の心を覗き込むためさ」

杣も比嘉も、まだよく分からないという顔をしていた。

「茶の湯を発達させたのは戦国時代の男たちだ。武将が配下の者を狭い茶室に誘う。そこで膝を突き合わせて茶を飲む。湯を沸かし、茶碗を回し、口に運び、懐紙を使う。その細かい仕草を間近で観察しながら、武将は相手の心を見透かそうとした。こいつは果たして最後までおれに従ってくれるのか、それとも途中で敵方に寝返るつもりなのか。その肚《はら》を底の底まで探ろうとしたわけだ」

「なるほど、そうだったんですね」

目を軽く見開きながら言った比嘉は、同時に、文字どおり手の平で膝を打つことで、文字どおり手の平で膝を打つことで、合点の意を表してみせた。

「言い換えれば、有能な茶頭《さどう》を持てば生き残ることができたわけだ。だから信長のような武将たちは、これぞと見込んだ茶人を、かなりの報酬を払い側近として迎えた」

風間は立ち上がった。軽く足が痺れていたせいで、比嘉の肩を借りることになった。

歳だな、と思う。

「成り立ちの歴史を知らずして、上辺の動きだけをなぞっても、茶を学んだことにはならんぞ。きみたちにはぜひ、このクラブで相手の心を見抜く能力を磨いてほしい」

教官室に戻ると、優羽子が本をぱらぱらとめくっていた。タイトルは『体感！ 身近な実験教室』だった。いま机上にある書籍を硬軟の順序で並べれば、最も軟らかいのがこの本だ。

「ポリタンクを爆発させたときは、学生たちの顔がかなりいきいきしていましたね」

「ちょっとした見ものだったからな」

「それで思ったんですが、ホームルームのときにどんな話をしたらいいか、考えつきました。一度、学校の理科の時間にやるような簡単な実験をやってみてはいかがでしょうか」

「また実験か……。悪くはないが、いろいろ用意するものがあって面倒そうだな」

「そうおっしゃらずに。準備ならわたしがやりますから、さっそく来週の月曜日にやってみませんか。用意するのは洗面器とお湯だけです」

「そこまで言うならいいだろう」

「あと、昨日の授業で撮った映像ですが」

優羽子はノートパソコンを開いた。画面にはすでに、グラウンドで撮影した動画が、ポリタンク爆発の瞬間で停止させた状態で表示されていた。

「この映像から不審な動きをした者を見つけ出せ、とのご指示でしたね。でも、そういう学生は誰もいないようです」

そうではない。自分が見たところ、爆発を目にして明らかに挙動の怪しい学生が一人だけいた。

助教を育てるのも仕事だ――久光に言われた言葉を思い出しながら、優羽子にもうちょっと調べてみろと命じた。

20

「今日も簡単な実験をしてみようか」

いま教卓には、優羽子の準備した洗面器が三つ置いてある。

左端の洗面器には、手をやっと入れられるくらいの熱いお湯が溜めてあった。中央には、温ま湯。右端には、氷水が入っていた。

「伊佐木。左手を熱い湯に入れてみてくれ。右手は氷水の中だ」

今日の教場当番である陶子が、少し怖がる素振りを見せながらも言われたとおりにした。

しばらくそのまま我慢させる。

「よし、もういいだろう。今度は両手を真ん中の洗面器に入れてほしい」

そうすると、陶子は非常に戸惑った表情を見せた。

「どんな感じがする？」

「……すごく変です。頭が混乱しています」

「そうだろう」風間は学生たちへ顔を向けた。「それまでの反動で、左手は何て冷たい水だと感じている。反対に右手は何て熱い湯だと感じている。二つの異なる感じ方が、同時に大脳へ流れ込んでくる。だから脳はどう処理していいか分からなくなり、パニックを起こしている、ということだ」

陶子の表情がようやく落ち着いてきた。

「わたしの言いたいことが理解できるか。——ある一つの境遇は、その前にどんな経験をしたかで、楽にも苦にもなるということだよ。いま苦労しておけば、将来が楽になる。そういうことだ」

「はいっ」

「伊佐木以外の者は、今晩風呂に入ったら自分でこれを実験するように。どんなことでも必ず身をもって体験しておくことが大事だ。——さあ、みんな外へ出ろ。遅れるな」

今日の一時限目は地域警察だ。そして今回も、授業をグラウンドで行なうつもりだった。

昇降口からグラウンドに出た瞬間、「操練場」という言葉が頭に浮かんだ。

このところ、なぜか昔の話がよく思い出されてしかたがない。

操練場。いまはもう誰もほとんど口にしなくなったが、かつては警察学校のグラウンドをそう呼び習わしたものだった。ここでは、授業で使う部屋が教「室」ではなく教「場」であるように、これも組織が一般社会との差別化を図って作り出した用語の一つだ。

今日の地域警察は、その操練場で行なわれることになっていた。

日に日に午後の日差しが強くなってきた。鼻の頭に汗の粒を浮かべた学生たちの前に立ち、風間は制帽を被り直した。

「盗難車を発見した場合に、どう対処するか。それは先月も話したが、おさらいとしてもう一度やっておこう。これが盗まれた車だとする」

グラウンドの片隅に用意された授業用の車両を、風間は指さした。

「そして、わたしがこれを盗んだ犯人だとする。――漆原」

漆原透介の丸顔が一歩前に出てきた。

「さらに犯人であるわたしが、凶器を隠し持っているかもしれないと想定しよう。そんなとき、きみはまずどうする？　これは先月教えたたな」

「はい。まずみぞおちから力を抜きます」

「どうやって抜く。やってみろ」

漆原は体を縮めた。すぐに全身が小刻みに震え出した。頬が赤くなったのは息を詰めているからだ。体を意識的に緊張させているのだ。特に肩と首のあたりを中心に、かなりの力を入れているのが分かる。

そこから一転、上半身をやや前に折り曲げ、ハーッと長く息を吐き出した。

これを二、三度繰り返した漆原の姿勢は、傍目《はため》から見ても、ほどよくリラックスしたものになっていた。

「これで抜けたと思います」

「よし。いまの手順を忘れるな。あらゆるシチュエーションで使える地域警察官の基本技だからな」

いわゆる職務質問《バンカケ》を行なう際には、警察官側の体の硬さによって、相手の反応がまるで違ってくる。だから必ず、みぞおちを緩めてからかかれ。身構えて高圧的になってしまうと、相手も自然、反抗的な態度に出るから面倒な事態になるものだ。いいな――。

まただいぶ早口になっていることを自覚しつつ、風間は車を指さした。

「次だ。盗難車が発見されたとき、必ず指紋を採取するべき場所がある。それはどこだか分かるか」

ボンネット、ドア、ウインドウ……。学生たちが車の部位を次々に答えていった。

「たしかにそうだが、車の外側から指紋を採取しても、被疑者から『触っただけだ』と抗弁されればどうしようもない。こういう質問に答えるには、頭で考えるより実際に乗ってみた方が早いだろう。——杣」

指名すると、杣が前に出てきて車に乗った。

目が赤い。よく眠れなかった様子だった。

運転席に座った杣は右手を、座席の下についているレバーに持っていった。

その瞬間、学生たちの何人かが「分かった」と声を上げた。

「そう、誰でも他人の車に乗ると、まずシートの位置を直す。そのレバーに指紋がつくわけだ。だからここから採取する。ついでに言うと、ルームミラーも同じだ。覚えておけ」

「はいっ」

「最近はますます車の盗難が増えている。しかし検挙率は上がっていない」

車から降りるよう杣に指示しながら、それはなぜだと風間は問うた。

答えられる学生はいなかった。

「最初から考えてみろ。警察官が盗難車とおぼしき車を発見したとする。そしてナンバープレートが偽造されたものと判明したとする。その後、警察官の何割かはどうすると思う？」

　まだ誰もが黙っている。

「見て見ぬふりだよ」

　顔つきからすると、何人かの学生はこの答えを知っていたようだ。知っていても、この場では口に出せなかったのだ。

「その理由は？」

「仕事を……」学生の一人が答えた。「増やしたくないから、でしょうか」

「正解だ。盗難車の扱いは面倒だからな。例えば、九州で盗まれた車が東京で発見されたとしよう。この場合、まず何が必要になる？」

　学生の一人に質問した。

「ええと、予算ですか」

「たしかにそうだが、もう少し具体的に答えられないか」

「盗難車を確保しておく場所です」

「そうだ。ほかには」

「それを管理する人手も」

「いいだろう。当然だが、車の持ち主を探し出し、連絡をする業務も発生するな。——さて、持ち主と連絡がついた。相手からはどんな言葉が返ってくるか」

「ありがとうございます、ですよね」

「ところがそうとはかぎらない。余計なことをしやがって。そんな罵声を浴びることは珍しくない」

学生たちは怪訝な顔を見せた。

「考えてもみてほしい。盗難車の多くは、勝手に改造されたり、別の色に塗り替えられたりしているのが当たり前だ。つまり、元の価値は損なわれている。そんな代物を、はるばる九州から東京まで一千キロ以上も、多額の旅費をかけて取りに行かなければならないとなれば、どうだ？」

「まさに、ありがた迷惑ですね」

「そういうことだ。車の状態がどんなものかしっかりと把握しないまま引き取りに来た場合は、『警察で弁償しろ』と騒ぎだし、悪態をついてくる者は珍しくないぞ」

そう説明してやると、三十七の表情が一様に沈んだものになった。

「だから警察は、我々は、処理を面倒くさがり、よほどのことがない限り、見てみぬふりを決め込むわけだ。これが現実だよ。——さて、みんな目をつぶってくれ」

学生たちが目蓋を閉じた。

「いまわたしが言ったような警察官には、自分は絶対にならない。――そう断言できる者だけ手を挙げろ」

挙手した学生は二十名ほどだった。しかも、彼らの大半は腕を持ち上げる動作に迷いを滲《にじ》ませていた。

「きみはどっちなんだ」

風間がそう声をかけた相手は兼村だった。彼は右腕を直角に曲げていた。手の平は頭ぐらいの高さにあるから、挙手なのかそうでないのか判断がつかない格好だ。

「……すみません。分かりません」

兼村は苦しげに眉を寄せた。強い陽光のせいで、そこにできた皺はいっそう深く見えた。

21

校長室に呼ばれたのは夕方になってからだった。

「仏教の本によく載っている逸話がある」

腰を下ろせとソファを手で指し示すでもなく、今日の久光はそんなことを切り出した。

「お釈迦《しやか》様が、人の苦しむのを見て、救おうとする。だが、悟りの彼岸から説教していては、苦のさなかにある人の心には届かない。そこで、みずからが同じ苦しみの此《し》岸《がん》に渡ってきてその人を救い出す、という話だ」

話の矛先がまだ見えなかったため、久光に向かって頷《うなず》く仕草がやや曖昧なものになった。

「風間くん。先輩として、今日もきみに一つアドバイスをしておこう。——回れ右！」

いきなり大声を出した久光の真意をさすがに量りかね、風間が動かないでいると、久光はわざとらしく表情に不機嫌の色を露《あら》わにした。

「回れ右をしてくれと言ったんだよ。できるだろ？」

右足を後ろに引き、左の踵《かかと》と右の爪先で回転し、真後ろを向いた。右足を引き戻し、踵をそろえる。

「もっと速くだ」

いまの一・五倍ほどの速度で動いた。

「まだ遅いぞ。もっと速く」

初めの二倍ほどの速度を意識して体を回転させたとき、久光がポケットから何か取り出した。

「いま何が見えた」

「ペンライトですか」

校長の手にあるものが、白くて細い懐中電灯のように見えたからそう答えたとき、さすがに足がふらついた。軽い吐き気がこみ上げてくる。

「残念だな。外れだ」

久光が持っているのはペンライトではなく、電子煙草《たばこ》だった。

「学生から取り上げたものだよ。きみのクラスではないから安心しろ。――そんなことより肝心なのは、切れ者のきみにも間違う場合があるということだ」

風間はゆっくりと息を吐くことで、吐き気を抑えることに努めた。

「例えばきみは、警備実施か何かの授業で学生にこんなふうに講義をするだろう。――『炎が上がり、煙が立ち込めている。銃声と爆発音も聞こえてくる。そんな混乱した状況の中で自分がどう動くべきかを的確に判断するには、日頃から訓練を重ねる以外に方法はない』といった具合にな」

「ええ」

「だが、高いところに立ってそんな偉そうな説教をしても、学生の耳には届かない。反対に、自分がヘマをしたところを見せてやれば、それこそ彼らは目を輝かせながら喜んで話に聞き入るだろう」

「でしょうね」

「失敗体験というものにはやはり、人の関心、興味を惹《ひ》きつける不思議な力があるものだ。学生の前で失敗することもまた大事――それがわたしからのアドバイスだ」

「肝に銘じておきます」

「さて、本題はここからだ。――分かったぞ、風間くん」

「何がでしょうか」

「ほら、先週の金曜日、朝のホームルームを思い出せ。雪山で遭難した三人の話だ。きみが学生たちに出したなぞなぞの答えだよ」

なぞなぞ。幼稚な表現を用いた久光は、顔まで子供のような表情になっている。

「Bが途中で遭遇したもの。それはなんと先に一人で進んだAの死体だった。――どうだね」

「正解です」

Aの死体を見た瞬間、Bは雷に打たれたように悟った。『ぼくはCを助けるつもりで歩いていた。だが、実は背にしたCの体の温《ぬく》もりで温め合っていた。そのおかげで自分は凍えずに助かったのだ。そして、こうしてぼくたち二人を助けたことこそ図らずもAの意図だったのだ』と……。

この話は三十年近く前、自分がこの学校の学生だったころに当時の教官が話してくれたものだ。いまでも覚えているのだから、よほど印象的だったのだろう。

「さてと、本題に入るか。――どうするつもりだね、伊佐木陶子を」

「思案中です」

「いっそのこと辞めてもらったらどうだ。彼女の親が身内だけにやりづらいが、役に立たない学生を置いておくわけにもいかんぞ。どうしても警察に必要な人材か？」

「ええ。――少し前に彼女を教官室に呼び、簡単なテストをしました」

「ほう。どういうテストだ？」

「室内で複数の敵に囲まれたとき、どうやって切り抜けるか、という質問です。答えの一つは、手近にあるものを投げつけて反撃する、というものです」

「そうだな」

風間はテーブルに載っていたコーヒーカップに目をやった。空のカップだった。

「校長なら、このカップをどう投げつけますか」

久光はカップを手にした。

「どうも何も……力任せにぶつけるだけだろう、相手に」

「結果的にはそう言えるかもしれませんが、伊佐木の答えはちょっと違いました」

「そうか。どんな答えだ？　おれをその複数の敵とやらに見立てて実演してみてくれ」

「いいんですか」

「ああ。こう見えてもまだまだ動けるからな。泳ぎ始めてから調子がいい」

そう言えば、久光はこのところ、昼の休み時間に一人で屋内プールを使っているようだった。

「近くで投げられてもよける自信はある。ただしアンダースローにしろよ。上からは反則だ」

「分かりました。しかし、このカップが壊れることになりますが」

「どうせ安物だよ。いくらでも買い替えればいい」

「本当にいいんですね」

「何度も言わせるな」

久光は身構えた。両者間の距離は三メートルほどか。

風間はカップを持った手を下に垂らした。

いったん後ろに振り、反動を利用して投げる。

ただし目がけたのは久光ではなかった。

天井の梁《はり》だ。

梁に当たってカップは粉々に砕けた。破片が久光の頭上に降り注ぐ。

すぐに校長室の扉がノックされた。物音を聞きつけた職員が、何ごとかと心配したようだ。

「何でもないっ。後にしてくれっ」久光は大声でそう応じてから、怪しむような顔になった。「……これが伊佐木の答えか」

「そうです」

「護身法として正しいやり方かね」

「そう判断します。わたしも同じ立場に置かれれば、こうしますから」

敵は複数いるとの想定だ。逃げる隙を作るには、多くの目を他に引きつける必要がある。となれば、これ以上の方法はないだろう。

「するとテストには合格。つまり失うには惜しい人材というわけだな」

風間が頷くと、久光は口をきつく閉じ、顎に皺《しわ》を作った。

22

風間は校長室から出て、教官室に戻った。

隣の席では、優羽子がノートパソコンの画面と向き合っている。先日、ポリタンクを使って爆発物の実験をやった。そのときに撮影した動画を見ているようだ。

とはいえ、横目の視線を素早くこちらへ投げてきたあたり、集中力をいささか欠いているようでもあった。何か悩みを抱えているらしい様子は相変わらずだが、それよりもいまは、校長室でどんなやりとりがあったのかが気になるらしい。

「ところで、きみの仕事の方はどうだ」

風間は優羽子のノートパソコンへ顔を向けた。

「不審者の見当はついたのか」

映像をよくチェックすれば、たしかに挙動の怪しい学生が一人映っている。しかし今日のところまで、それを優羽子は見つけられないでいた。

――助教を育てることも教官の仕事だ。

ちらりと脳裏を掠《かす》めたのは、久光がいつだったか口にした言葉だった。

「すみません。どうしても分かりません」

　さすがに探し疲れたか。刑事から助教に戻った優羽子の声に力はなく、もう答えを教えてほしいと懇願しているようでもあった。一方で、目にはまだ光を宿している。完全に闘志を失ったわけではなさそうだ。

「どういう観点から調べている？」

「おそらく、盥やポリタンクを盗んだ学生は、それが爆発物になると知っていたことでしょう。そこで、爆発を目にしても驚いたリアクションをせず、平然としている者がいたとしたら、その学生が怪しいと思いました」

「目のつけどころは悪くない」

「でも、繰り返し隅から隅まで映像を調べましたが、そういう学生は一人もいないようなんです」

「犯人は、きみより上手《うわて》ということだな」

　一瞬、優羽子の顔に不満の色が仄見《ほのみ》えた。

「まあ、慌てることはない。――ちょっと立ってもらえるか」

　何をさせられるのかと不安に思ったらしい。椅子から腰を浮かせた優羽子の動きには、わずかな躊躇《ちゅうちょ》があった。

「さっき校長から何度も回れ右をさせられたよ。いやはや、小学生に戻った気分だ。この鬱憤を、すまないが助教、今度はわたしがきみを使って晴らさせてもらおうか。――その姿勢から、首だけをできるだけ右に回してみてくれ。そして、肩越しに斜め後ろを見るんだ」

「……はあ」

怪訝《けげん》な顔をしつつも、言われたとおり優羽子は上半身を捻《ひね》った。揺れた髪の毛が甘い香りを放ったが、その匂いは春先ほど強くはない。いつの間にやら、卒業まで三か月弱を残すのみだ。助教の業務も、日を追って忙しさに拍車がかかってきている。いきおい、化粧に使える時間は削られつつあるようだ。

「そこが限界か」

「はい。これ以上首は回りません」

「その限界の位置で何が見える？」

「キャビネットと壁です」

「よし、直れ」

周囲の教官たちは、何ごとが始まったのかとこちらへ顔を向けている。突き刺さるような視線に照れたか、顔の位置を戻した優羽子の頬はわずかに赤く染まっていた。

「いま目にしたところから、さらに一メートル右を向いた場所を見てほしい」

優羽子は体の向きを変え、背後を見た。

「何が見える？」

「カレンダーとコーヒーメーカー。それにポットです」

「では元の姿勢に戻り、目を閉じて、その新しい光景をよく記憶してほしい」

長い睫毛《まつげ》がすっと伏せられた。目のつぶり方が必要以上にきついため、整った顔の中央に皺が寄る。いま網膜に映ったものを、細部に至るまですべて脳に刻みつけようとしているようだ。

「では目を開けて、もう一度同じことをやってみてくれ」

優羽子が再び首を捻った。

「今度はどこまで見えた？」

「いまイメージしたところまでです」

首を捻ったままの姿勢で優羽子は答えた。不自由な姿勢から放たれた声は苦しげだが、反面、楽しそうに弾んでもいる。

「どうしてでしょうか。一回目で見えたところがもう限界だと思ったのに、もっと首が回るなんて」

「おかしいことはない。身体と精神は繋《つな》がっている。その先に何があるか分かっていれば、身体はそこに向かって動くものだ」

ようやく姿勢を戻した優羽子は、まだ言われたことを理解できないでいるようだった。だが、風間はそれ以上の説明はしないでおいた。勘のいい彼女には、これだけで通じるはずだ。

代わりに風間がやったのは、窓際に歩み寄ることだった。

そこから外を見やると、花壇の前に一人の学生がいた。杣だ。軍手を嵌《は》めた手に大きなビニール袋を持ち、中腰の姿勢で地面と向き合っている。ゴミ拾いをしているらしい。

杣利希斗。

風格を漂わせたその名前に対し、性格も行動も常に不安定で、その人物像が茫漠《ぼうばく》として摑《つか》めない。

ただし成績の方は、ここにきてかなり見劣りするようになっていた。いまでは、座学においても実技においても、三十七人いる教え子の中で、最下位グループに入ると言ってもいい。

最近の漢字の書き取りテストでは、「気憶」、「仮空」、「最底」、「主都」など、ことあるごとに珍解答を連発している。

道路標識のテストなどもまるでできていなかった。交通担当の教官によれば、「駐車禁止」と「駐停車禁止」を間違えたのは杣一人だけだったようだ。

拳銃操法の授業では実弾を使った訓練が始まったところだが、いまだかつて弾丸を的に当てた例《ためし》がなかった。ここから掃除のやり方を見ていても、動作に無駄が多いし、ずっと腰に負担のかかる姿勢を取り続けている。

「杣ですか」

後ろから優羽子が話しかけてきた。まるでその声を聞きつけたかのように、杣は顔を上げ、こちらへ目を向けたが、それも一瞬のことだった。またすぐに項垂《うなだ》れるような姿勢になり、地面のゴミを拾い始める。

「伊佐木がおかしくなったと思ったら、今度はあの子ですね」

あの子。口調からして、不用意にぽろりと漏れた言葉のようだった。優羽子の意識の中では、杣はまだ子供じみたところを残している存在らしい。

「いったい、急にどうしてしまったんでしょうか。心配です。いまの成績では……」

【成績不良の学生には、校長が退校を命じることができる】

この警察学校の運営規程にはそうあった。杣には、いますぐその条文が適用されてもおかしくはない。

「助教」風間は、窓の外に目を向けたまま口を開いた。「きみなら、彼をどうすればいいと思う?」

「苦手な科目については、もうこの際、諦めてはいかがでしょうか。そちらは何とか最低ラインぎりぎりで合格させるとして、それよりも、得意な分野で自信をつけさせる、という育て方がいいように思います。例えば、授業で褒められた部分を伸ばしてやるとか」

「漆原と兼村に協力させた記憶力のテストでは、たしかに優秀なところを示したな。しかし、わたしが担当している以外の授業で褒められた——そんな経験が最近の杣にあったか」

「あります。鑑識実習です。指紋採取をしたときに。机の側面についた指紋を、他の学生は誰も見つけられなかったのですが、杣だけが発見できた、という出来事がありました」

「鑑識か……」

「たしかに不安定な子ですが、杣には、人が見えないものを見る力が備わっていることは確かだと、わたしは思います」

もしそうだとしたら残しておいてもいい。いや、ぜひとも警察に欲しい人材だ。

「だが、机側面の指紋など、ただのまぐれかもしれんな」

「ええ。もっと確かな見極めが必要でしょうね」

頷いて、風間は外に出た。

花壇の前へ行き、もたもたとゴミを拾っている杣の前に、太陽を背にして立つ。

杣は、しゃがんだまま顔を上げた。歳は二十六のはずだが、手で庇《ひさし》を作り、陽光を遮る仕草は、どこか年寄りじみていた。

「ゴミ拾いをしているのは、きみ一人だけか」

「……そうです」

先日の授業では職務質問をやらせたが、やはり杣だけはまったくできていなかった。そこで、彼の所属する班には連帯責任としてゴミ拾いを命じておいたのだが、他のメンバーは全部を杣一人に押し付け、さっさと寮に戻ってしまったようだ。

立ち上がろうとする杣を、風間は手で制した。

「駐車禁止と駐停車禁止の違いは覚えたか」

「……はい」

「ならば標識の形も分かるな。まずは駐車禁止を地面に描いてみろ」

道具はそれを使え。そう伝える意味で、杣の足元に落ちている小枝に目を向けた。

軍手を嵌めた指先で枝を拾った杣は、

「えっと……」

か細い声で呟《つぶや》いてから、迷いながらの手つきで地面に丸印を描き、内部に斜めの線を一本引っ張った。

「よくできた。では駐停車禁止の標識はどうだ」

杣は、いま描いた図にもう一本斜めの線を反対向きに引き、丸の中をバツ印にした。

「形は合格だ。では色を覚えているか。丸の外枠は何色で、内側は何色だ」

杣の眉間に皺が寄った。

「外枠が赤で……内側が白だったと思います」

「外枠は正解だ。だが、内側は白だったか。戻ってから教科書をもう一度見ておくことだな」

「……分かりました」

「どうした？　入学当初のきみは、ここまで出来が悪くなかったはずだぞ」

「……そうでしたか」

「きみは不思議な学生だな。優秀なのかそうでないのか、わたしにもいまひとつ判断がつかん。ただし、これだけははっきり言える。現在の成績は、過去にないほど急激に下がっているとな」

そう告げてやると、杣は直立の姿勢を取ったが、すぐに落ち着きなく体を揺らし始めた。

「最後は校長の判断次第だが、もしかしたら辞めてもらうことになるかもしれん」

「……覚悟しています」

「まさかクビになりたいわけではあるまい？」

この問い掛けに対して、杣は返事をしなかった。

「もし解雇された場合、再就職のあてはあるのか」

杣はまだ無言で視線を地面に落としている。今日の天気は快晴で空気は澄んでいるが、そんな杣の周りだけは、薄暗い雨雲に覆われているような錯覚に囚《とら》われてしまう。

「すまんが、きみが路頭に迷ったからといって、こちらの知ったことではない。必要のない人材にお情けで給料を払えるほど、県警も金持ちではないからな。成績不良の学生を無理に残していては、納税者に申し訳が立たない」

「……承知しています」

「近々、特別課題というものを出そうかと思っている」

そうですか。小声で返事をして、杣は軍手を脱ぎにかかった。

「その課題にきみが合格できたら、もうしばらく様子を見てやろう」

「どんな課題ですか」

「それはいずれ分かるはずだ。──そろそろ課外授業が始まるな。その前に軽くもう一問だけ交通の問題を出してやろう。いいか」

杣は、脱いだ軍手をジャージの尻ポケットに突っ込んでから、はいと頷いた。

「時間に追われたドライバーというのは厄介だ。彼らは安全標語など眼中にない。道端に『スピード注意』だの『この先事故多し』だのといった看板が立っていても、無視して平気でアクセルを踏み続ける」

ムラサキツユクサの花弁から飛び立ったゴミムシダマシが、Tシャツを着ている杣の肩に止まった。

「ところが、どんな無法者の運転手でも、ある看板の前では必ず徐行するという。さて、その看板には、いったいどんな文字が書いてあるのか。分かるか?」

「はい。分かります」

意外なことに、そんな答えが、ほとんど間をおかずに返ってきた。

驚いたな、の顔をしてやると、杣は照れたように指先で鼻の下を掻いた。

「では答えを言ってみろ」

「『今度はおまえの番だ』だと思います」

「正解だ。切に祈っているぞ、その言葉がきみに降りかからないことをな」

23

昼休み、花壇の世話を終えて教官室に戻ると、隣席の優羽子は今日も学生たちの似顔絵に取り組んでいた。

だが、鉛筆の動きは止まっている。これまで、どんな学生の顔でも難なくさらりと仕上げてきた彼女だが、どうしても描きづらい相手もいるらしく、いまはA6判の用紙を前にし、珍しく思案顔だった。

風間はもう少し近づき、斜め後ろから優羽子の手元を見やった。その絵は、輪郭だけで止まっていた。

四角く張った顎。太い鼻梁。くっきりとした眉毛……。そこまでは描けているが、内側はまったく手つかずの状態だ。

隣で風間が椅子に腰かけてもなお、彼女の腕は止まったままだった。焦点を失った目がじっと机上の一点を見つめているだけだ。

たしか、いつぞやも同じように、優羽子がぼんやりしていたことがあったはずだ。

そう思い返しつつ、風間は口を開いた。

「校長は運動不足で困っているそうだ」

どうでもいいと言えば語弊があるが、さりとて喫緊《きっきん》とも言えない話題を振ってやったところ、優羽子は一つ瞬《まばた》きをして顔を上げた。

「すみません、聞き逃しました。校長がどうしました?」

「もっと体を動かしたいらしい。これまでは昼休みに中庭の散歩を日課にしていたが、それだけでは満足できなくなってきたそうだ。そこで最近、その時間にプールで泳ぐことを始めたようだ」

「それは問題ではありませんか?　監視者のいない状態でのプール使用は、規則に抵触すると思いますが」

「そこは自分の権限で何とでもなると思っているようだ」

「何も事故が起きなければいいですけど……」

「まったくだな」

夕食前に向かった先は術科棟の柔道場だった。

道着を身に纏《まと》い、藺草《いぐさ》の匂いに包まれて待っていると、比嘉が現れた。一礼して道場の教官室に入ってきた彼の姿は、森から出てきた熊を連想させた。

男子九〇キロ級の堂々とした体格だ。胴が長く脚は短い。ついでにO脚。スタイルはお世辞にも良いとは言えないが、こうでなければ柔道にしてもレスリングにしても相撲《すもう》にしても、格闘技で勝てるものではない。よく言えば、重心が低く安定感のある体型ということになる。

比嘉が近寄ってきた。向き合うと、彼の重量を引き受けた畳の縁《へり》が、みしっと軋《きし》んだ。

「急に呼び出してすまんな。しかもこれから夕食というときに」

「かまいません。特に晩飯は、腹を減らすだけ減らしてから食べた方が、より美味《おい》しくなりますから」

「では、頼もうか。一つわたしに稽古をつけてくれ。三十分間だけでいい。きみのためでもある。将来は優秀な柔道指導者になってみせろ」

武道に特に秀でた者を見出《みいだ》し、警察署の代表選手として育成する。そのような「特練制度」は、ほとんどの都道府県警で実施されているはずだ。この県警でも毎年、署ごとに柔道と剣道の有力選手を合計十名ほど選び出していた。

特練生になれば、対外試合で勝つことが仕事になる。一般警察官とはまったく異なり、交番に立つことも警らに出ることもほとんどない。日々の業務はただ一つ、ひたすら道場で汗を流すことに絞られる。

「分かりました」

比嘉の耳は、カリフラワーに似た形をしていた。「花が咲く」とも形容される格闘技の選手特有の状態だ。

こうした耳介血腫《じかいけつしゅ》が目立つ選手は少なくないものだが、比嘉の場合は、小まめに病院で血を抜いていたのかもしれない。軽く変形こそしているが、大きく膨れ上がっているわけではなかった。

風間は足裏で畳の感触を確かめつつ、両手を前に出した。

「きみに柔道を最初に教えてくれたのは誰だ」

「祖父です」

「利き手は矯正されたのか」

「はい」

比嘉は右腕を前に出している。左利きなのだ。

一般的に右利きの者が多いことから、スポーツでは、左利きが有利になる場合が多く生じる。柔道の世界でも、有名な選手の中には、幼少のころから左組みで稽古するよう矯正されたケースがまま見られる。

組み合ったとき、比嘉が言った。

「噂《うわさ》では、一人でも学生が辞めれば、風間教官も久光校長から辞めさせられると聞いています。それは本当ですか」

「ああ」

次の瞬間、体が重力を失ったのを感じた。

気づいたときには、きれいに投げられていた。自分の腰が畳に打ち付けられた音が、百二十畳敷きの道場内に大きく反響した。

「それはたいへんに」視界の中で、天井を背景にした比嘉がにっと歯を見せた。「面白い試みですね」

次回は十字絞めのやり方を伝授してくれ――そう頼んでから比嘉との稽古を終え、風間は道場の出入口に向かった。

奇異に思ったのは、入るときに閉めておいたはずの扉がわずかに開いていたことだ。

よく見ると、人ひとり分の幅があるその隙間に、誰かが立っている。

久光だった。

「風間くん、少し安心したよ」

大仰に溜《た》め息《いき》をついてみせ、こちらが横に並ぶのを待たず、久光は背を向けて歩き出した。彼の背中を追う格好になる。

「きみもけっこう厳しく鍛えているようじゃないか。学生ではなく自分をな。だが、指導が必要な学生もいるはずだぞ」

誰の話をしているのか、すぐにピンときた。

「かつてどこかの県警で若手が不祥事を起こしたとき、そこの本部長は謝罪会見でこう言った。『警察官の制服を着てはならない者が着てしまった』とな。我が校にもいるんじゃないのか。間違って制服を着てしまったやつが」

「杣利希斗でしたら、そろそろ引導を渡そうかと思っています」

「そうか、すると風間くん、きみともお別れだな」

「はい。ですがその前に、一度だけチャンスをいただけませんか。彼は鑑識の仕事に興味があるらしく、最近では唯一、指紋採取の授業で力を発揮しています。その得意分野に絞って、残ってもらうか去ってもらうかを見極める試験をさせていただきたいのです」

「特別課題」の名称で計画している試験の内容を手短に伝えると、久光は立ち止まった。振り返った目は、子供が玩具《おもちゃ》を前にしたときのそれに近かった。あからさまに興味の色を浮かべている。

「いいだろう。よかったら、おれが一肌脱ごうじゃないか。かまわんよな？」

「ええ。お願いします」

校長と二人で歩く教官室までの道のりは、いつもの倍以上に長く感じられた。

教官室のドアを開けるやいなや、久光は、そばにいた事務職員を捕まえて言った。

「黒いスタンプ台はないか。貸してくれ」

「何にお使いになるんですか」

事務職員が机の抽斗《ひきだし》を開けながら訊くと、久光は右手の親指を立ててみせた。

「これを取る」

「これ、と言いますと」

「分からないか。指紋だよ」

「誰の指紋をです？」

「被疑者のだ」

久光はにやりと歯を剝《む》き出し、立てた親指を自分の方へ向けてみせた。

24

苦労の絶えない教官の仕事だが、数少ないながらも楽しみはある。その一つが写真の閲覧だった。卒業アルバムの作製を見越し、写真クラブの学生が、各授業の合間にデジタル一眼レフのシャッターを切っている。その画像が、ＤＶＤのディスクに収められた状態で、定期的に届けられるのだった。

教職員会議を終えて自席に戻ると、今週も、机上に白いディスクが載っていた。

風間はそれを、早速ノートパソコンにセットした。

五十枚ほどある写真データの中に、特に目を惹く一枚があった。

それは剣道の稽古を撮影したものだった。三十六人が竹刀を打ち下ろしているときに、一人だけ振りかぶっている状態の生徒が写っている。彼のみ、皆の動きについていけないということだ。

案の定、杣だった。

「間違って制服を着る……か」

昨日の夕方、久光の言った台詞《せりふ》を、思わずぽろりと口にしていた。すかさず優羽子がこちらに目を向けてくる。

「何かおっしゃいました？」

「いや」

「いいえ、たしかに言いましたよ。風間教官が独り言なんて、本当に珍しいですね」

「そんなことより」

咳払《せきばら》いを一つ挟み、画像データのディスクをノートパソコンから取り出すと、それを優羽子に差し出した。それを受け取った彼女は、「そういえば」と言って、自分のノートパソコンの画面を開いた。

「ついに見つけました」

彼女は動画を出した。例の、爆発実験の映像だ。

「『身体と精神は繫がっている。その先に何があるか分かっていれば、身体はそこに向かって動くものだ』——この前、風間教官はそう言われましたね」

優羽子は動画をスローで再生しながら、一人の学生を指さした。

その学生だけが、爆発のほんのわずか前に、体を前屈《まえかが》みにしていた。

「風間教官のなさった実験は、爆発とはいえ、それほど大きな衝撃ではありませんでした。危険は少ないということが分かっていたからこそ、この学生は、もっとよく見ようと、体を前に倒したんじゃないでしょうか」

「正解だ」

言い置いて、風間は教官室を出た。

昼食は、久しぶりに学生たちと一緒に食堂でとった。

食堂を出たところにある掲示板では、学生たちが一枚の紙の前に群がっていた。

その紙にはこう記されてあった。

【風間教場　学生諸君への特別課題

七月×日の深夜、本校教官室に侵入しようとした不審者があった。

不審者はガラス窓に手をついたため、次のとおり鮮明な五指の指紋が検出された。

この指紋の持ち主を突き止めよ。なお、指紋の持ち主は学校関係者だが、学生とは限らない。教官、事務職員の場合もありうる】

そのような文言の横には、力士の色紙を思わせる掌紋が一つ押してあった。親指、人差し指、中指、薬指、小指——五つの指紋はいずれも真正面からはっきりと印刷されている。

【付記・最も早く特定に成功した学生には成績優秀賞を授与する】

ともあった。

25

さきがけ第三寮一階の廊下は丁字路《ていじろ》になっている。丁の縦棒に当たる廊下を風間が歩いていくと、縦棒と横棒とが交わる位置に、二人の学生がいた。一〇八号室の前にしゃがみ込んでいる。

一人は比嘉だ。その傍らにあるのは漆原の姿だった。

二人とも白手《しろて》を着用している。

その手袋を嵌めた指に、比嘉は平たい形をした小さな缶を持っていた。もう片方の手に握った細い棒のようなものは耳かきに見えた。指紋採取用の検出刷毛《はけ》に違いない。

比嘉は缶の蓋を開けた。中に入っているのはアルミの粉末だろう。

その粉末を付着させた検出刷毛を、比嘉は、部屋のドアノブにぽんぽんと軽く押し当て始めた。

風間は彼らの背後から近寄っていった。足音を完全に殺したせいで、作業に夢中の彼らは、まったくこちらの存在に気づいていないようだった。

「そんくらいで十分じゃないの」

漆原が言い、比嘉と入れ替わるようにしてドアノブに体を近づけた。彼が持っているのはやはり刷毛だった。それを使って、いま比嘉がドアノブに押し当てたアルミ粉末を、慎重に払い落としていった。

やがてドアノブに指紋の白い筋が浮かび上がると、比嘉は手元でビッと音をさせた。セロハンテープを引き出した音だ。

短く切ったそのテープを、比嘉は指紋の上から被《かぶ》せにかかった。空気が入らないように、慎重に端の方から少しずつ押しつけていく。

空気の泡をほとんど作らずに貼りつけることに成功し、満足の笑みが漏れたようだ。斜め後ろから見ていると、

「上手《うま》いだろ」

そんな言葉とともに、比嘉の頬がぷっくらと膨らんだのがよく分かった。

「あとは、ぼくにやらせてよ」

テープをはがしにかかる作業は、漆原が担当するつもりのようだ。また体をドアノブに近づける。

「慌てるなって。授業で習ったことを覚えてるか」

「何だっけ」

「ゆっくりはがすとテープに要らない線が入る。だから息を止めて一気にはがせ、だよ」

「そうだったな」

比嘉に言われたとおり、漆原はテープを素早くはがした。続いて、そのテープを準備していた黒い紙に貼りつけると、

「貸せ」

横から比嘉が手を伸ばし、完成したばかりの指紋台紙をひったくるようにして奪った。

彼の足元には、特別課題の指紋がコピーされた用紙も置いてあった。比嘉は、二つの紙のあいだで、忙しくルーペを行き来させ始めた。

「どうだ？」

漆原が肉眼を二つの紙に近づける。邪魔だというようにその体を押しのけながら、比嘉は言った。「五〇パーセントぐらいは合っているな。あとの五〇パーは違う」

「だったら外れってことだよね。早いとこ次いこう」

比嘉と漆原は一〇八号室を離れ、隣の部屋の前に移動し始めた。どうやら二人の指

紋採取は、部屋の住人の許可を得ず、無断で行なわれているようだ。

彼らが一〇九号室の前に陣取ったころにはもう、風間はその場を離れ、二階へと向かっていた。

そのフロアでもまた、学生たちが何人かでチームを組み、実習用の指紋採取キットを手にして、部屋のドアノブに顔を近づけていた。

特別課題の告知は今日の昼間に掲示したばかりだが、「成績優秀賞」の五文字は予想以上に学生たちを奮起させたようだ。卒業まで三か月弱を残すのみとなったいま、賞と名のつくものは学生たちにとって関心の的だ。

風間は二階の端にある部屋の前に立った。名乗りながらノックすると、すぐにドアが開いて、中にいる学生が敬礼した。

「きみは姿勢がいいな」

この部屋に来るのは二度目だ。前回は一瞥《いちべつ》しただけで、どの学生の部屋よりもよく整頓が行き届いていることが分かったものだ。今回もそれは同じだった。

風間は部屋に入った。簡単な靴脱ぎ場が設けられている。そこで予備の室内スリッパに履き替えた。

「相変わらず部屋もきれいだ」

そう褒めてやっても、杣は表情を崩さなかった。

「気づいているか、今日の寮内は鑑識課員だらけだぞ」

「そのようですね」

「杣、きみは特別課題に挑戦しないのか」

「しません。成績優秀賞には別に興味がありませんので」

「何を寝ぼけている。あれは全員必須だぞ」

「……本当ですか」

「掲示板の告知ぐらいは、しっかり読んでおけ」

「すみません。では、やります」

「そうしてもらわなければ困る。――ところで、一階で比嘉が、自分で採取した指紋と課題のそれを見比べて、こんなふうに言っていた。『五〇パーセントぐらいは合っているな』と」

杣はふっと鼻から息を吐き出した。「そうですか」

「珍しいな。きみがそんな笑い方を見せるとは」

「そうですか」

「わたしの言った内容に、どこかおかしいところがあったか？」

「ええ」

「では、どうおかしいのか説明してもらおうか」

「指紋の場合、一致率が五〇パーセントということはありえません。照合の結果というものは、一〇〇パーセント一致するか、そうでなければ一〇〇パーセント一致しないか、そのどちらかになります。中間はなく、二つの指紋にわずかでも違いがあれば、それは五〇パーセントではなく一〇〇パーセント不一致ということです」

「安心したよ。今日のきみは、先日ほどには鈍《なまく》らではないようだな。――では、もう一つ訊《き》きたい。ポリタンクや盥《たらい》を無断で持ち出したのは、きみか」

「はい」

杣の頷き方は素直そのものだった。こちらの確固とした口調から、否定しても無駄だと瞬時に悟ったのだろう。

「いまも持っているな。どこに隠している？」

杣は顔を横に向けた。彼の視線はベッドの下に向いている。

「出せ」

杣は身を屈め、ベッド下から、盥やポリタンクなど、かつて物置にあったはずの備品一式を取り出した。

「これらを、どうするつもりだった？」

「教官がなさったことと同じです。わたしも、これで爆発実験をやってみようと思いました。やり方を本でたまたま読んで、実験してみたくてたまらなくなりました」

聞けば杣は、以前から、過激派の行なう破壊工作の手口に興味を持ち、あれこれ研究しているのだという。

「実験したかったら、必要なものを自分で買いそろえればいいだろう。どうしてそうしなかった？」

「勉強のため時間が足りず、外出できませんでしたので」

長々とここにしまっておいたのはなぜだ。そう質問したところ、人目があるため戻すタイミングを見つけられず、ついそうなってしまった、との答えが返ってきた。

不祥事を起こすことで退職するためです——そう本心を吐露するつもりは、いまのところないらしい。つまり、まだ身の振り方を迷っているということだ。

杣は激しく迷い続けている。成績が不安定に上下している理由もそこにあると見ていいだろう。

「きみは爆発物に詳しいのか」

「自分ではそう思っています」

「何にしても、備品を無断で持ち出すのは規則違反だ。ペナルティは受けてもらう。反省文を原稿用紙で十枚か、トイレ掃除一週間というところだな」

「お言葉を返すようですが、備品の持ち出しは、悪ふざけではなく研究のためです。破損した場合は、ちゃんと弁償するつもりでいました」

「ではわたしと賭けをしよう」

「賭け……ですか」

「ああ。ごく簡単なやつだ。きみは、両足をそろえて動かさない、いわゆる『気をつけ』の姿勢を三十分間とり続けることができるか。できたら、今回の件は見逃してやる。できなかったら、トイレ掃除や反省文よりも難しい仕事を引き受けてもらう。どうだ」

「やります」即答だった。

「よし。いいか。両足は絶対に動かすな。その場所から半歩でも移動したら、きみの負けだ。両足以外なら体のどこを動かしてもかまわない」

「分かりました」

「では始め」

杣は背筋を伸ばし、ズボンの縫い目に指先をぴたりと当てた。

十五分ほどすると、杣の表情が歪《ゆが》み始めた。

二十分で額に脂汗が浮いた。室内スリッパの中で、両足の指先を丸めていることが、はっきりと分かる。

二十五分。「降参です」と弱々しく言い、杣はその場にへたり込んだ。

26

地域警察の授業に出る前、優羽子が書類を渡してきた。全部で五枚ある。

「例の特別課題ですけど、すでに解答が寄せられています」

【指紋の主は久光校長先生と判断いたします】

そのように書かれた解答用紙が四枚。正解だ。

一番上にある解答用紙を書いた者が、最も早く正解にたどり着いた学生だろう。

その名前に視線を落としながら、風間はまた運営規程にある文言を思い出していた。

今度は退校についてのそれではない。別の条文だ。

他の一枚は杣が出したものだった。五枚のうち一番下にあるその紙にだけは、別の答えが書いてある。

もはやこれまでかもしれない。優羽子は、そんな無念の思いを表情の端に薄く滲《にじ》ませていた。

風間は教官室を出て、第三教場の教壇に立った。

「きみたちは、気をつけの姿勢を三十分とり続けることができるか。できると思う者は挙手してほしい」

風間がそう問い掛けると、全員が手を挙げた。ただ一人、杣を除いては。

「そんなことは訳もない、とみんな思っているようだが、結論から言うと大きな間違いだ。たいていの人間は、三十分以内に立っていられなくなる。直立したままだと、静脈の血液がスムーズに心臓へ戻らないからだ。何事も頭で思うのと実際にやってみるのとでは大違いということを、いつも肝に銘じておけ。――さて、今日の地域警察には特別講師を招いている」

教場内がざわついた。特別講師のことなど、予告も何もしていなかったからだ。

「では講師、授業をお願いする」

風間が教壇から降りると同時に、一人の学生が立ち上がり、前へ出てきた。

杣だった。

負けたら授業の講師を一回引き受けてもらう。それが前日の賭けの内容だった。

杣はまず、寮の物置から盥やポリタンクを無断で持ち出したのは自分だと告白し、皆の前でその非を詫《わ》びた。

「実はわたしは将来、極左テロ対策の仕事を担当したくて、いまのうちからいろいろ自分で研究しています。警察官として現場に出ると、爆発物の事件に直面することは珍しくないと思います。ですから、早い段階で少しでも慣れておくのは、無駄なことではありません」

そう言いながら杣は、教卓の上に、準備してきたものを置いた。

ジュースの空き缶、紙コップ、そして霧吹きに入れたエタノールだ。

空き缶は、蓋を剝ぎ取ってある。また、底から三センチぐらいのところに、千枚通しで穴が開けられてもいた。

「これからちょっと実験をやってみます」

杣はまず、缶の中にエタノールを霧吹きでかけた。

そして缶の上を塞ぐように紙コップを軽く被せてから、底近くの穴にマッチの火を近づけた。

ほどなくして、パンッと音を立て、紙コップが天井近くまで吹き飛んだ。

「成功です。いまの実験で何が分かるかというと、エタノールの量が爆発条件に対して適量だった、ということです。結論から言うと、空気に対して約一〇パーセント前後のエタノール蒸気量のとき、爆発が起こりやすいようになっています。この蒸気濃度を爆発限界と言います」

杣はいつもの無表情だが、言葉には熱が入ってきた。

「同じことをしても、爆発が起こらなければ、エタノールの蒸気が少なかったことになります。あるいは、紙コップが飛ばず、缶の中のエタノールが炎を上げて燃えているときは、エタノールの量が多過ぎたことになります。――簡単ですが、これでわたしの講義を終わります」

拍手が起きた。珍しく照れたか、杣の頰がわずかに染まる。

「ありがとう」風間は言った。「ついでだ、ほかの学生にも、危険物に慣れてもらうために同じ実験をやってもらおう。杣、誰か指名してくれ」

「はい。では、伊佐木陶子さん、お願いします」

陶子の指名は、あらかじめ風間が杣に言い含めておいたことだった。

杣とは反対に、陶子の顔が青ざめた。

「伊佐木。指名だ。前へ出ろ」

杣が教壇から降りると、陶子が立ち上がった。だが、その場でもじもじしている。

「何をしている。早く来い」

風間が手招きをすると、ようやく教壇の方へやってきた。

「いま杣がやったことを見ていたな。そのとおりにやってみろ」

だが、陶子は手を動かそうとしなかった。

「怖がることはない。もし上手く爆発しなければ、缶にちょっと触れてみればいい。缶が熱くなっていたら、中で燃えているだけのことだ。慌てず燃え尽きるのを待てばいい」

「……缶が破裂することはありませんか」

「ほとんどない」風間が答えた。「安心しろ」

「ほとんど、ということは、万が一の場合はあるということですね」

「ああ。世の中には絶対などありえないからな。その意味では、何が起きるかは分からん」

「では……できません」

「いいだろう」

自席へ戻るよう陶子に命じながら、風間は運営規程にある一つの文言を脳裏に思い浮かべていた。

授業を終えたあと、校長室の扉をノックし、風間は久光とソファのテーブルを挟んで向き合った。

久光は細いフレームの眼鏡を外してテーブルに置き、

「何か面白い報告が聞けそうだな」

そんなことを言いながら指先で目頭を揉《も》み始めた。

「伊佐木陶子ですが、どうも精神的に不安定な状態にあり、危険な業務はできない状態です」

「ではどうする。そうなると、やはり辞めてもらうしかないんじゃないか。危ない仕事ができない警察官がどんな役に立つ？」

「たしかにそうです。しかし、その前にこれを見てください」

風間は五枚の紙を久光の前に置いた。

「特別課題の解答用紙が上がってきています。提出された順番に並べてあります」

「思ったよりだいぶ早かったな」

杣を除けば、学生たちは一人ひとりが競争したのではなく、何人かずつまとまってグループを作ってことに当たったのだ。人海戦術をとれば、たとえ指紋が校長のそれだったとしても、突き止めることは難しくなかっただろう。

久光は五枚の紙を手にし、ぱらぱらと捲《めく》った。

「しかし、よくおれの指紋だと分かったものだ」

遠近両用の眼鏡をしていなければ何が書いてあるのかろくに見えないはずだが、目に馴染《なじ》んだ自分の名前だけは文字の形で分かるようだ。

「では、一位の学生には約束どおり賞を出そうか」

「そうしていただけますか」

どれどれ、誰だ。そう呟きながら久光は、テーブルの眼鏡を手に取り、かけ直した。

すぐに久光は固まった。

一番上にある「伊佐木陶子」の名前に視線を落としたまま、上の歯で下の唇を噛《か》んでいる。

「見かけによらず、伊佐木はかなりの本好きでもあります。向学心は人一倍あり、仕事に対するやる気は失っていません」

「……ではどうする」

先ほどと同じ言葉を久光は繰り返した。

「体調不良を理由に、休学処分にしてはいかがでしょうか」

【学校長の許可を受ければ、病気その他の理由により休学又は欠講することができる。ただし一年ごとに許可の更新を要する】

たしかに運営規程にはそうも書いてある。

「休学か……」

しかたがないだろうな。久光が口から発したものは、ほとんど呻《うめ》き声といったありさまだったが、たしかにそう聞こえた。

「ただし、体調不良を理由とするなら、医者の診断書が必要だ」

そう言いながら、久光はデスクマットに挟んである県警の組織図に目を落とした。いま「しかたがない」の判断を下した背景にはやはり、要職についている陶子の父と叔父《おじ》の存在も色濃くあったようだ。

「もちろん提出させるようにします」

「しかし、風間くん」久光は、半ば無理やりといった様子で頬を吊《つ》り上げた。「これできみも安泰というわけではないぞ。そもそもこの特別課題は、伊佐木ではなく別の学生を救済する目的で始めたことだからな」

「ええ。その杣ですが、彼の解答はいかがですか」

強張《こわば》った笑顔のまま校長は、なにっ、と声を上げた。「やつも解答していたか」

「はい。彼の解答用紙は一番下にあります」

「五番目か。だったら正解していても優秀賞はやれんな」

「とりあえず、見るだけ見てやっていただけませんか」

久光の手が上の四枚を捲った。

先ほど以上に強く唇を嚙んだあと、久光は絞り出すような声を出した。

「この解答では……残してやるしかないだろう」

「ありがとうございます」

風間は校長室を辞し、教官室へ戻った。

心配顔の優羽子に、「安心しろ」と表情で告げてから、風間はもう一度杣が出してきた解答を読んだ。

【問題が間違っています。五本指の指紋を正面から一度に取ることはできません。窓ガラスに手をついた場合、親指だけは、どうしても横向きになります】

他人が見えないものを見る。

まさに、風間の望んだ答えだった。

27

正午までにはまだ一時間ほど余裕があったが、そろそろ頃合いだろうと見て、風間は教官室を出た。

向かった先は図書室だった。

思ったとおり、伊佐木陶子はすでに病院から戻っていた。ほかには誰もいない室内で、一人本を開いている。

午後から予定されている課外授業に参加するつもりでいるのか、彼女はジャージに着替えていたが、書籍がぎっしり詰まった棚を背にしても、その姿に違和感はない。やはり本好きの人間からは、何となく知性といったものが滲み出ているせいかもしれない。

陶子は書籍を机に立てた状態で読んでいるから、背表紙の文字が見えている。小説が好きだと言っていたものの、いま開いているのは、実用書以外の何物でもなかった。

机の上には白い封筒も載っている。

「診断書はもらってきたようだな」

向かい側の席に風間が座ると、陶子は読んでいた本に、しおり代わりとして指を挟んだ。もう片方の手は封筒にそっと置く。

「早速だが、受け取ろうか」

陶子は一瞬躊躇《ためら》う素振りを見せたが、すぐに意を決した様子で、それを滑らせてよこした。

「この場で見せてもらうぞ」

それは予想していなかったらしく、陶子は本に戻しかけた顔をすぐにまた上げた。

「何か問題でもあるのか」

「……いいえ」

指先を使い、丁寧に封を切り、中の書類を引き出して広げた。

一通り確認してから、封筒の中にしまう。

「ではこれを校長に提出しよう。ほどなく、きみには一年間の休学が認められるはずだ」

「……分かりました」

「つらいものだな。弱音を吐けないというのは」

陶子はしおり代わりに挟んでいた指を使い、本を開いた。だが、読み始めるでもなく、目はまだこちらに向けている。

「親が警察官――特に本部の幹部あたりだと、警察学校に入った子女は、どうしても自分から『辞めたい』とは切り出せないものだ」

いまの言葉が陶子の心理を乱したらしい。彼女の指が本のページに意味もなく爪を立てた。

「だから退校したい場合は、あれこれ回りくどい手段を考えなければならなくなる。例えば、爆弾を作るなどの不祥事を起こす。あるいは……」

いったん言葉を切り、風間は椅子から腰を浮かせた。どんな心の動きがあったのか、珍しく殊勝に陶子も立ち上がろうとした。

「そのままでいい」

そう言ってやると、陶子は小さく頷いて座り直し、再び本を手にした。

『初めての子育て』

本のタイトルがもう一度目に入る。

かつてニコチンパッチを女子で一人だけ拒んだ理由が、この題名に集約されている。

拳銃やエタノールの実験を極端に怖がったのも、自分の体に宿った小さな命を慮《おもんぱか》ってのことか。

「あるいは、妊娠する。これは女子だけに許された手段だがな」

風間は図書室の出口に向かった。廊下に足を踏み出す前に、陶子の方を振り返る。

「相手は同期の男子か」

一拍置いて陶子から返ってきたのは、顎を少し引いただけの浅い頷きだった。

「その相手は知っているのか、きみの妊娠を」

重ねて問いかけながら考えた。もし陶子が首を横に振ったら、それは相手に迷惑をかけたくないからだろう、と。

案の定、陶子は首を横に振った。

28

横に四十人が並び、拳銃を構えて立つことができる。室内射撃場はそれだけの面積を有している施設だが、鳴り響く音がやけに大きいため、余計に広く感じられる場所だった。

銃架の一つを前にし、風間は学生たちの前に立った。

「人間が嘘《うそ》をついているかどうか見破るときには、どこを見る？　前に授業で教えたな」

「手や足の動きです」

挙手することなく、ややぶっきらぼうな口調で答えたのは、目が合った学生、杣だった。

「そのとおり。人間の体は、脳から離れた部位ほど、意識的にコントロールすることが難しいわけだ。――さて、脳から一番離れている体の部分はどこだ」

「指先ですか」

「正解だ。では拳銃の引き金を引くのは、体のどの部分だ」

「それも指ですね」

「ああ。これでわたしの言いたいことは分かったな。念のため繰り返す。指はコントロールが難しい。ときにそれは、きみたちの脳に逆らった動きをする。指先は自分の一部ではあるが――」

「自分ではないこともある」

「ありがとう、杣。そういうことだ。みんな、この点を肝に銘じてから拳銃を握ってほしい。自分以外のものに預けるのだから、畏れをもって扱え。スポーツでは恐怖心を知っている選手の方が大成するというだろう。射撃も同じだ」

「はいっ」

この授業に娯楽的な愉《たの》しみを見出す者は多い。興奮気味に返事の声をぴたりとそろえてみせた学生たちを横一列に並ばせ、一発ずつ時間をかけて撃たせてみることにした。

標的はわずか二十メートル先だが、拳銃を構えると、不思議なことに、この距離が実に遠くなる。

学生たちの姿勢は、ひところに比べれば、だいぶ様になってはいた。だが、まだ三八口径がもたらす衝撃の強さに慣れ切っているとは言い難く、拳銃に遊ばれている者が何人か見受けられる。

卒業までには、あと数回の射撃検定があった。その結果によって、最終的に初級・中級・上級の三ランクに篩《ふる》い分けられるシステムになっている。

一方、拳銃操法時用の特別なユニフォームというものはない。全員、長袖のワイシャツ姿のまま銃把を握っている。その背中の一つ一つに、四半世紀以上も前の自分を重ねてみながら、風間は射撃場の手前から奥に向かって歩を進めていった。

「あっちゃっ」

ある男子学生の後ろを通りかかったとき、彼が大きな声を張り上げた。隣の学生が撃った弾の火花が飛んできたようだ。

「我慢しろ」

そう短く声をかけ、彼の隣にいた学生の肩を叩《たた》いた。イヤーマフを外すように仕草で伝える。

「袖口がほころんでいるぞ」風間は注意を促した。「糸屑《いとくず》を銃身に入れないように注意しろ。掃除が面倒になるからな」

発砲の際、一瞬だが銃口の周囲が真空状態になる。これが起きると、付近にあるものが銃口のなかに吸い込まれてしまう。

そのまた隣にいる学生は、仲間たちに比べてひと際外れ弾が多かった。

「きみはだいぶ苦戦しているようだな」

「……面目ありません」

学生は外したイヤーマフを首にかけたまま笑おうとした。ところが、顔が強張っているため、頬をぴくぴくと動かしただけの結果に終わっている。

「わたしが学生のときは、教官にこう教えられたよ。『レモンを手で握りつぶすように力を入れてトリガーを絞っていけ』とな。それを試してみたらどうだ。じっくりとゆっくりと、それこそこのまま日が暮れるのを待つぐらいの遅さで引き金を引いてみろ」

この助言はそれなりの効果はあったようだった。標的の外側にだが、どうにか命中するようになった。

あっつ。また学生の間から大きな声が上がる。その隣では、別の学生が怯《おび》えた顔で手を挙げていた。

「どうした」

「弾が出ません」

授業用の訓練弾は、弾頭が真鍮《しんちゅう》ではなく鉛だ。そのため時折、銃身の途中に弾丸が停滞してしまうことがある。

ちょうどいい事例だと思い、一度射撃をやめさせ、こうした場合の対処法を、風間は皆に教えてやった。

このとき初めて、先ほどから自分がずいぶん早口で喋《しゃべ》っていることに気づいた。

卒業まで約一か月半。残された時間は少ない。教えられることは全部教えておかなければ。そう焦り始めている時期だった。例年のことだが、特に今年はなぜか気が逸《はや》る。

撃ち方を再開させた。再び射撃場に轟音《ごうおん》が木霊《こだま》する中、風間は杣の背後に立った。

肩を叩き、振り返った彼に、イヤーマフを外すようゼスチャーで伝える。

「きみにだけ特別に教えよう。射撃が上手くなるコツをな。知りたいか」

「はい」

「簡単だ。頭の中で、的に重ねて想像するだけでいい。憎い相手の顔をな」

頷いて杣はまた耳を覆い、拳銃を構えた。

その後発射した三発の弾丸が、すべて的の中央付近に命中したのを見届けたあと、風間はまた杣を振り返らせた。

「誰の顔を思い描いた」

「母です」

風間は杣の目を見据えた。思わずそうしてしまった。返事はないだろうと思ってした質問に、意外なほどはっきりした声で答えが返ってきたせいだ。

その答えが冗談のつもりなのか、真意からなのか、表情から探ってみたところ、杣の顔にふざけたところはなかった。

一人十五発。それが今日の授業で予定していた弾丸数だ。全員が撃ち終えたのを確認し、拳銃の数も点検し終えたあと、風間は皆を整列させて口を開いた。

「一点、伝えておかなければならないことがある。まだ授業の最中だが、明日のホームルームの時間を待っているわけにもいかないだろうから、ここで言う。伊佐木陶子が休学することになった。以上」

学生たちは顔を見合わせ、ざわめきあった。一方で、そういえば彼女の姿がないな、といまごろ気づいた素振りの学生もいた。半年にわたる闘いも終盤に入り、日々の忙しさに拍車がかかってきている。入学直後と同様、他人を気にするだけの余裕を失う者が増え始める時期でもあった。

29

荷物を持って門を出ていく陶子を見送り、同行していた優羽子と並んで職員用の昇降口から建物の中に入ろうとしたとき、昼休みを告げるチャイムが鳴った。

教官室の前まで来たとき、ドアの横に立っている学生の姿が目に入った。杣だった。彼は手にした封筒を差し出してきた。

「集まった注意報告をお持ちしました」

「ご苦労」

風間が受け取り、背後にいた優羽子に渡した。それでもまだ杣は立ち去ることなく、あたかもドアの前に立ちふさがるようにして立っている。

まだ何かあるのか。そう目で訊いてやると、杣は制服の内ポケットに手を入れた。

そこから取り出したものもまた封筒だった。


教官室に入ると、先ほど杣から受け取った二通目の封書を優羽子に渡した。

「何です、これは?」

「見れば分かる」

手にしたとたん優羽子の顔が青ざめた。表側に『退校願』と書いてあったからだ。

「これは……?」

「見ての通りだよ。辞意を固めた学生が一人出てきた、ということだな」

優羽子の震える指が封筒を裏返した。そこに書いてある『杣利希斗』の文字をじっと見つめたまま言葉を出せないでいる。

彼女が中身を読み始めたのは、しばらく間を置いてからだった。

「退校の理由は『一身上の都合』としか書いてありませんね」

「ああ」

「それで、どうするおつもりですか」

問う優羽子の声は、まだかすかに震えている。

「とりあえず一時預かりにしてあるが、さて、どうしたものかな……」風間は目頭を揉んだ。「いずれにしろ『一身上の都合』では納得できん。理由だけははっきり聞かせてもらうつもりだ」

その日の放課後、風間は第三教場へ向かった。

呼び出しておいた杣はすでに来ていて、所在なげな様子で自席に座っていた。

こちらが入室すると、彼はすっと立ち上がった。

楽にしろと声をかけ、隣席の椅子に風間も腰を下ろす。

「退校願を読んだ。理由は一身上の都合。便利な言葉だな」

杣は黙っている。

「わたしとしては、本当の理由が知りたい」

「わたしの問題です。教官ではなく」

「そうとも言えんぞ。学生たちがどんな理由で辞めていくのか。後学のためにデータを集めておくこともまた、今後警察学校を運営していく上での重要な仕事だろう」

「……ごもっともですが」

「ではデータを提供してくれるな。なぜ辞めたい？」

「……忘れました」

「面白い答えだ。そうか。万が一記憶喪失にでもなっていたら大変だな。念のためテストをしておこうじゃないか。簡単な質問をするから、それに答えてくれ」

「……はあ」

「きみの名前は」

「杣利希斗です」

「年齢は」

「二十六です」

「性別は」

「男です」

「職業は」

「警察官です」

「得意なスポーツは」

「特にありません」

「よし、思い出してきたようだな。もう一度肝心な質問をするぞ。どうして辞めたい？」

「……警察官としての将来に自信が持てないからです」

「もう少し詳しく説明してくれ」

「怖いんです。この仕事が。危険も多いですし、縦型組織の不自由さも、たぶんわたしの性に合いません。途中で嫌気がさして逃げてしまうだろうことが見えています」

「なるほど。今度はよく分かった」

風間は立ち上がった。つられたように、杣も腰を持ち上げる。

教場のドアを開けてやり、杣に向かって顎をしゃくり、出ろと告げた。

「では、失礼します」

廊下に出た杣は、一礼して寮の方へ足を踏み出した。担当教官との一対一の面談。緊張する場面から解放されて、それまで胸に溜めていた空気を吐き出したせいか、一回り萎《しぼ》んだようにも見えている。

「どこへ行く。誰がもう終わりだと言った？」

呼び止められて振り返った杣は、鼻の穴を大きく膨らませた。再び緊張の空気を吸い込んだことで、萎んでいた体も元のサイズに戻ったようだった。

「ついてこい」

言い置き、背を向けて風間は歩き出した。

向かった先は柔道場だった。

百二十畳敷きの真ん中に杣を正座させた。普段は道着を纏って座る場所だ。そこにワイシャツ姿でいることが落ち着かないらしく、襟のあたりを無駄に触っている。

「きみの名前は？」

この問い掛けに、杣は瞬きを重ねた。どうしてさっきと同じ質問をするのか。必死に意味を探ろうとしているようだ。

「なぜ黙っている。いまの質問が聞こえなかったか？」

「いいえ」

「だったら答えろ」

乾き切っていた唇に素早く舌先を這《は》わせてから、杣は自分の名前を口にした。

「おいおい、もう少し大きな声を出したらどうだ。誰もいないんだ。遠慮をすることはない、もっと大きな声で言ってみろ」

「杣利希斗ですっ」

「まだ小さいな」

「杣利希斗です！」

「よし。年齢は」

その調子で、先ほどと同じ質問を繰り返し、すべて大声で答えさせた。

「どうして学校を辞めようとしている」

この質問をぶつけてやったころには、杣は軽く肩で息をしていた。

「答えろ」

「将来に……警察官としての将来に自信が」

声のトーンがとたんに下がった。

「どうした。聞こえんぞ」

「自信が持てないから……」

そこで杣は項垂れ、口をつぐんだ。

「もういい」

杣をその場に残し、風間は道場を出た。

30

目が覚めてすぐ、風間は右の首筋に指を当てた。

皮膚に鋭い痛みを覚えたせいだ。熱湯を一滴、ぽとりと垂らされた。そんな気がしたのだ。

布団の上で仰向《あおむ》けになったまま、肌に異常がないか指先で探ってみる。

そうしているうち、徐々に痛みは消えていった。いや、痛みそのものが最初から錯覚だったのだ。

気がつけば、じっとりと寝汗をかいていた。

布団を畳み、宿直室を出た。廊下の水道で洗顔を済ませる。

花壇までゆっくりと歩き、夏大豆と千日紅《せんにちこう》、そしてムラサキツユクサに水をやってから教官室へ入った。

優羽子はまだ姿を見せていない。彼女は今日、本部に立ち寄ってから出勤する予定になっている。

ホームルームの時間になり、風間は第三教場へ向かった。

刑事指導官だったときに体験した事件については何度か話をしていた。それが最も学生たちの興味を惹きつけるテーマであることは、経験から分かっている。だから今日も、ある殺人事件を解決したときのエピソードを披露するつもりだった。

しかし急に気が変わった。それは後日に回しても差し支えない。この場は、別の話をほとんど即席でしてみよう。

「まずは中学レベルの英語問題を出そうか」

数人の学生が、何かから身を守るように体を緊張させた。それが、この一段高い場所からよく分かった。

英語。この言葉に明らかなアレルギー反応を示す者は、入学当初に比べたら減ったように思うが、いまだに三、四人はいるようだ。

「クレー射撃という言葉を聞いたことはあるな。このクレーとはどういう意味だ？まさか知らない者はいないだろうな」

最前列に座った女子学生がすかさず手を挙げた。

「たしか、粘土だと思います」

「正解だ。さて、この粘土の標的に弾丸が命中すると、空中でバラバラになるわけだ。クレーの細かい破片が地面に落ちていくのを、テレビか何かで一度は見たことがあるだろう」

いったん言葉を切り、風間は学生たちの表情を一通り見渡した。

顔色が悪く体調が不良である者。そういう学生はいないな、とこの場で確認し、ささやかな安心を得ることが、毎朝の大きな仕事の一つだ。

「かつてある国で、クレー射撃の愛好会に対し、射撃場のそばに建つ民家の住人から苦情が寄せられたことがあった。うちの庭に破片が落ちてきて困る。もう射撃を止《や》めてくれ、というわけだ」

女子学生が答えてくれたため、英語アレルギーの学生たちは安堵《あんど》した様子だ。その一人に視線を据えてやったところ、彼はまた体を少し縮こまらせた。

「愛好会のメンバーはしばらく頭を悩ませたすえに、一つの解決法を民家の住人に提案した。住人はこれに同意し、メンバーたちは無事に射撃を続けることができた。さて、その解決法とはどんなものだったか」

今度はすぐに答えられた者はいなかった。

座ったまま考え続けることを学生たちに命じ、午前九時ちょうど、ホームルームの終了時間になってから、風間は告げた。

「全員、ノートを出して白紙のページを一枚破れ。正解を三分以内で考え、いますぐに書いて提出すること」

今日の一時限目は水難救助の授業だ。教場を出た学生たちは、屋内プールの方へ猛然と走り出した。例年、消防署から派遣されてくる教官は誰もが厳しい。少しでも遅刻したら、どんな制裁が待っているか分からない。

提出された解答に目を通しながら教官室に戻ると、優羽子が出勤していて、自席に座っていた。

普段なら、世間話にしても仕事の話にしても、先に口を開くのは決まって彼女の方だ。だが今日は、

「昨晩は宿直だったんですね。お疲れさまでした」

その程度の言葉を口にしたきり、あとはずっと黙っている。優羽子はここしばらくの間、ずっと何らかの艱苦《かんく》を抱えてきたらしい節がある。いまの素っ気ない素振りから、その苦しみがいよいよ深くなってきたことが窺《うかが》い知れた。

「今朝は寝覚めがよくなかったよ」

こちらから話しかけたところ、口をつぐんだままながら、顔だけはしっかりと横に向けてきた。

「首を火傷《やけど》したかと思い、驚いて目が覚めた。どうやら、学生時代の夢を見ていたようだ」

「学生時代の……ですか。どういうことです？」

「射撃だよ。拳銃の授業で、隣の学生が撃ったとき、とばっちりで火の粉を素肌に受けたことはないか」

「もちろん、あります」

遠くを見るような目で、優羽子はそう応じた。

「わたしもだ。いつも隣で撃っていた同級生が、どうも上手いとは言いかねた。あのとき閉口した記憶が、それと意識しないままトラウマというやつになっていたのかもしれない」

いまから四半世紀以上も前、自分がこの警察学校に在籍する学生だったころの夢は、卒業以来何度か見てきた。ランニングや警備実施訓練をしている場面が多かったように思う。射撃のシーンが出てきたのは、もしかしたら今日が初めてかもしれない。

今年は拳銃操法の授業まで担当させられている。それが無意識のうちに負担になっている、と解釈するのが妥当なのだろうか。

思い返せば当時の教官は、最初の授業で早くも、弾丸を込めた銃を撃たせてくれたものだ。四五口径。新米警察官の目には、まるで小ぶりな大砲のように映った。片手で持つのが難しいほどの、あの格別な重さは、いまでもこの手の平にはっきりと刻み込まれている。時代劇に登場するような銃だから、「鞍馬天狗《くらまてんぐ》」なる通称を与えられていたことも忘れられない。

「だから今朝のホームルームでも、学生たちには射撃にちなんだ話をしておいたよ」

「そうでしたか。――風間教官は、学校がお好きだったんですか」

「わたしか？　正直、その反対だったと思う」

「意外ですね。――こんな言葉を聞いたことがありますよ。『刑務所に入れられた囚人は娑婆《しゃば》にいたときの夢ばかりを見る。しかし、出所した後は刑務所の中にいたときの夢ばかりを見る』」

「なるほど、今朝の夢は、それと似た現象かもしれないな」

話を終えて、風間は優羽子の顔をじっと見据えた。

いま、あえてこちらから心の内を覗《のぞ》かせた。次はきみが心中に抱えているものを吐露する番だ――。勘のいい優羽子のことだから、視線に込めたその意を察するのに苦労はしないだろう。

「ずっと黙っていましたが、お伝えしたいことがあります」

案の定、優羽子は視線こそやや伏せがちにしながらも、はっきりとした声でそう切り出した。

「実は……比嘉のことでちょっとご相談したいことがあります」

風間は湯呑《ゆの》みを口に運んで続きを待った。

そのとき、教官室に隣接する校長室のドアが開いた。そこから出てきた久光の長身が大股で近寄ってくる。

「風間くん、替えの下着とワイシャツ、それからズボンは準備しているか」

どういうわけか、校長はそんなことを訊いてきた。

「はい」

いま久光が言ったものはロッカーの中に置いてあった。

「では、一緒に来てくれ」

こちらの返事を待たずに、校長は背を向け、つかつかと教官室を出ていった。

一時限目が終わったら話の続きをしよう。そう優羽子に顔の表情だけで告げ、風間は久光のあとを追った。

「ホームルームの訓話ネタは足りているかな?」

「いいえ。不足気味です」

「こっちは最近、ちょっと面白い話を仕入れたぞ」

「お聞かせ願えますか」

「探偵学校というのがあるだろう。私立探偵を養成します、という触れ込みのな」

「ええ」

「あれがこの世に出たのは、本業で閑古鳥の鳴いていた探偵が、学校事業で儲《もう》けようと考えたからだそうだ。知っていたか」

聞いたことはあったが、「いいえ」と応じておいた。

「だからして、学校をやっているのは二流三流の探偵、というのがあの業界の常識らしいんだな」

「なるほど、興味深い話ですね。いずれ使わせていただきます」

「そうしてくれ。『だが警察学校は違うぞ』とでも言って締めれば、大ウケ間違いなしだ」

どう返事をしたものか一瞬迷った結果、「でしょうね」と無難なところでまとめておくことにした。

「問題があるとすれば、話がちょっとばかり短すぎる点だな。だが、これぐらいが適当だろう」

斜め後ろの位置から、風間は久光の横顔を窺った。

「今朝のホームルームは、もうちょっと早めに切り上げてやってもよかったんじゃないか」

誰をスパイに仕立てているのか、相変わらず久光は授業の様子をしっかりと把握していた。

「水難救助の教官は、例年かなり厳しいからな。一時限目に遅れはしまいかと、学生たちは慌てただろう。——おれの目算がちょっと違っていたかもしれん。風間くん、きみはまだ完全に丸くなってしまったわけではないようだな」

風間は何も返事をしなかった。久光も、それを期待しているふうではなかった。

やがて細かい埃《ほこり》が気になったらしく、久光は眼鏡を外した。ふっと息でレンズを一吹きしてかけ直し、こちらを一瞥する。

しばらく無言で歩いたあと、彼はぽつりと言った。「ところで、少し痩せたんじゃないのか」

「はい。気苦労が多いものですから」

これは本心だった。

痩せたと言えば久光もそうだ。もともとカマキリを連想させる細身の体型だったが、春先に比べ、この数か月でさらに肉が落ちたように思える。

「健康診断の結果はもらったかな」

振り返ることなく訊いてきた久光に、風間は「ええ」と答えた。

学校の教職員が健康診断を受けたのは、先月——七月の下旬だった。

「異常はなかっただろうね」

「はい」

「何よりだ」

校長はいかがですか。そう質問するのはやめておいた。

久光は、数年前の検査で慢性肝炎との診断を受けていた。以来、アルコールはきっぱり断っている。そのような噂を小耳に挟んでいたし、事実、教職員が参加する懇親会の席でも、彼が烏龍茶《ウーロンちゃ》以外の飲み物を手にしたところを見た記憶はない。

「ところで、子供に勉強させるため、親がすべきことは何だと思う？『勉強をしなさい』と口で強く言うことか？」

「いいえ」

「では何だ」

「親自身が勉強をしてみせる。それ以外にないでしょう」

「そのとおりだ」久光はやけに意味ありげな様子で肩を叩いてきた。「そのとおりだよ、風間くん」

連れてこられた先は術科棟の一階だった。

塩素の臭いがかすかに鼻腔《びこう》を刺激する。どうやら久光は屋内プールに向かっているようだ。

31

屋内プールに通じる扉を押し開けてすぐ、久光はまた眼鏡を外した。

今度はゴミが付着したためではなく、高い湿度によってレンズが曇ったせいだった。

向こう側のプールサイドを見やれば、消防署から派遣されてきた講師が大きな声を張り上げ、要救助者を背後から抱える方法について説明している。その前で教え子の学生たちは、白いTシャツ姿でタイルの上に三角座りをし、銘々頷きを返していた。

「こういう蒸し蒸しする場所は好きか?」

久光は首を振りながらネクタイを緩め始めた。そうしながら、きみもさっさとそんな邪魔なものは外せと目で促してくる。風間も手を襟元へ持っていった。

「どちらかと言えば苦手です」

「わたしもだよ」

久光は、学生たちのいる方へと、プールサイドで歩を進める。靴と靴下はプールの入口で脱いである。裸足《はだし》の状態で風間も久光のあとに続いた。

「風間くん、わたしが学生時代にどんなスポーツをやっていたか知っているか」

「水球だとお聞きしています」

「そうだ。夏場はいいが、冬になったら外のプールは使えない。屋内プールが嫌いなのに、どうしてそんな運動をやっていたと思う？」

「なぜですか」

「わたしの出身地は東北だ。冬場、低温、高湿で知られる地域でな。だから神経痛やリューマチにかかる人が多いんだ」

「ご自分も将来、そういう病気になるのでは、と恐れた？」

「相変わらず察しがいいじゃないか。――そう、だから少しでも湿度に強くなっておこうと思ったんだよ」

久光はもう眼鏡をかけ直しはせず、つるを折り畳んでケースにしまった。

「今日はといえば、急にここが懐かしくなってな。わたしも歳《とし》だ。いつまで泳げるか分からん。――何かの終わりを感じると、人間は自分がやってきたことを振り返りたがる。そういうもんだろう」

プールサイドをぐるりと回り込み、三角座りの一団に背後から近づき、最後列の後ろに久光と二人で立つ形になった。

消防署派遣の講師は、目で会釈を送ってよこしはしたが、話を中断することまではしなかった。

「水に落ちたとたん、服は水を吸って重くなる。そのうえ、泳ごうとすればするほど体にまとわりついてきて、その動きを妨害する。靴も同じだ。履いたままだと、いくら強くキックしても水を上手くキャッチできず、体は前に進まない」

校長と教官に授業参観をされては、張り切るなという方が無理だ。講師の口調には一段と熱が籠もり始めた。

風間は杣の姿を探した。

気力を失い、授業を休んでいるかもしれない。軽くそんな心配もしていたが、幸い、彼の背中はプールサイドから遠い壁際の位置に見つけることができた。

陶子はすでに休学しているから、女子は六人だけだ。

「こうなると誰もがパニックを起こしてしまう。下手にもがいているうちに、あっという間に遠くへ流され、体は冷え切り、力も尽きる。これが溺死の一般的なパターンというものだ。したがって——着衣のまま水に落ちた場合は、岸まで泳ぎ着けそうなら、まず服を脱いで裸になることだ」

「はいっ」

「とはいっても、水中でぱっと脱げるかというと、これが口で言うほど簡単にできるものではない。もしもうまく脱衣できない場合は、無理をするな。そういうときは、どうすればいいかというと――」

ここで講師は口を開けたまま、学生たちを見渡した。誰か分かるやつがいるか。そう目で問い掛ける。

「服を着たまま、胸と腹を空の方へ向ければいい」

そう答えたのは久光だった。

「いわゆる背浮きだな。その姿勢で、服の内側にできるだけ空気を取り込みつつ、静かに呼吸をして救助を待つ」

「正解です」

講師は、バツの悪さを空咳《からせき》一つでどうにか解消してから、久光に向けていた視線を学生たちの方へ戻した。

「もう一つ付け加えると、実際の海や川は、このプールほど水が澄んじゃいない。十センチも手を入れれば、水面から見えなくなるのが普通だ。特に流れの遅い川は臭いも鼻が曲がるほど酷《ひど》いから、そのつもりでいろよ」

「はいっ」

「じゃあ、いま説明したことを、みんなの前で誰かに実演してもらおうか。志願者がいたら二人一組でプールに入れ。一人が救助者の役、もう一人が背浮きで助けを待つ溺者の役な。——そら、早い者勝ちだぞ」

講師が勢いよく手を叩くと、やる気のある学生が何人か立ち上がった。

このとき、ワイシャツの生地を通して、背中に誰かの手の平がぶつかる感覚があった。

久光が押してきたのだと悟ったときには、視界が大きく傾いていた。

目の前にプールの水面が迫ったが、あまりにも不意のことで、体勢を立て直す余裕はなく、風間は衣服を着たままプールに落下していた。

その直後、すぐ近くで水しぶきが上がった。こちらを突き落とした張本人の久光もまた、自ら水中に飛び込んできたためだ。

学生たちの上げた歓声が、屋内プールの広く湿った空間に、異様なほど大きな音で木霊する。

巧みな立ち泳ぎですっと近づいてきた久光が、にやりと歯を見せ囁《ささや》いた。

「まずは、我々親が勉強してみせんとな」

その言葉のあとに、彼はくっと顎をしゃくってみせた。早く溺者のふりをしろ、との合図だろう。

風間は背浮きの姿勢を取った。

――着衣のまま水の中に落ちたら、上を向いてじっとしていろ。

たしかに、自分がここの学生だったときも、教官からそのように教わった。衣類の繊維層には多くの空気が隠れている。この浮力を少しでも逃がさないよう、手足をばたつかせることなく静止していろ、と。

「みんな、風間教官に注目だ」

立ち泳ぎをしながら、久光がプールサイドに向かって声を張った。

「いいか。さっきも講師が説明してくれたと思うが、溺者は普通、こんなふうに大人しくはしていない。たいていは、沈んでなるものかと滅茶苦茶《めちゃくちゃ》にもがいている。彼らは救助者が近づいても、おかまいなしに暴れ続ける。そういう場合はどうするか。そうしたケースでの実演を見せた方が有意義だろう」

そしてまた久光はこちらに対し、今度は視線だけで「やれ」と命じてきた。

風間は手足を大きく動かし始めた。ワイシャツと体の間に溜まっていた空気が逃げ、とたんに体が沈んでいく。

久光が正面から近づいてきた。暴れ続けろという指示だから、体の動きを止めはしなかった。

「すまんな」

久光はそう短くひとこと発すると同時に、腕をこちらへ伸ばしてきた。

頭を真上から掴まれる。かと思うと、久光がその腕に全体重をかけてきたため、一気に水の中へ押し込まれていた。

水上の音は聞こえない。だが気配で分かる。久光が学生たちに向かって何やら説明しているらしい。

――二次被害を防ぐためには、こうして容赦なく、溺者をいったん静かにさせることが必要だ。

おそらくそのような内容だろう。

これ以上は息の限界だというところで、久光の手に込められていた力が緩んだ。

風間は水上に顔を出した。

息を吸えるだけ吸う。

水しぶきが喉に入り込み、たまらず咳《せ》き込んだところを、背後から久光の細い腕に抱えられた。

年季の入った滑らかな立ち泳ぎによって、不思議なほど水の抵抗を感じることなく、プールサイドの方へ運ばれていく。

このとき、「んぐっ」というくぐもった呻き声を耳にした。久光が上げたものだった。同時に立ち泳ぎの速度に鈍りが生じた。

久光の足が攣《つ》ったに違いなかった。

あと二メートルほどでプールの隅に取り付けられた梯子《はしご》に手が届く、という位置でのことだった。

久光に代わって風間が水をキックすることで、どうにかプールサイドまでたどり着き、梯子を使って水から上がった。

講師と学生の拍手を浴びながら、また久光はこちらの耳元で囁いた。

「……歳だな、わたしも」

「あまり無理をなさらないように」

「いや。この体たらくは、ずっと泳ぎをサボっていたツケだよ。明日以降も、空いている時間を見つけてせっせと鍛え直さなきゃいかん」

ロッカーに置いてあった替えの衣服を身に着けてから教官室へ戻った。

なぜ頭髪が濡《ぬ》れているのか。当然ながら優羽子はその点を訊《たず》ねてきた。

予想外だった久光の行動をかいつまんで説明してやっても、しかし彼女は、あまり表情を変えはしなかった。この時期、いろいろ気になるのは上司より学生の方らしい。

大きな笑い声を上げたのは、そばで聞き耳を立てていた他の教官たちだった。

場が静かになっても、優羽子はすぐには仕事に戻ろうとはせず、じっとこちらへ顔を向けている。

「どうかしたか」

できれば先ほど中断してしまった比嘉についての話を再開してほしいのだが、見たところ、いま優羽子の心中を占めているのは、別の話題のようだ。

「杣に道場で訊問《じんもん》なさったそうですね」

声のボリュームこそ低いが、口調は明らかに非難している。

「わたしがプールに行っている間に、誰かから聞いたか。さすがに情報通だな。どういうルートで知った？　やはり耳聡《みみざと》い友だちからのタレコミか？」

「いまは、そのような話をしているのではありません」

「そうか、すまんな。たしかに訊問したが、体罰とまでは言えんだろう」

「おっしゃるとおりですが……」

「何も道場に連れ出さなくても。そう言いたいのか」

「はい」

「なぜわたしがああしたのか理由を言おう。杣には、刑事になれる素質がありそうだからだ。きみがそうだったようにな。だから、ぜひ体で覚えておいてほしかったわけだ」

「何をですか」

「嘘を見抜く簡単な方法をだよ。——助教、きみは大声で嘘がつけるか。絶叫に近い大声で、だ」

「……いいえ。たぶん、できません」

「今朝、わたしはホームルームでクレー射撃の問題を出した。そのとき、きみは教場内にいなかったな」

「……はい。本部に顔を出す用事があり、出勤が遅れましたので」

「問題の内容は学生から聞いたか」

「ええ。自分でも挑戦してみました」

「助教には簡単すぎただろうな」

「まあそうですね。クレーの代わりに氷で標的を作ればいいのかな、とはすぐに思いましたが……」

『クレーの飛ぶ方向を変える』、『民家の人にも愛好会に入ってもらう』といった平凡なものもあれば、『射撃場の中に民家を移設する』といった突飛なものもあった。多かったのは、『クレーを氷で作る。あとは水になって溶けるだけだから問題はない』との解答だった。

しかし、

『芝生に栄養がいくよう、水に肥料を混ぜてから凍らせて作る』

そこまで考えて解答したのはただ一人、杣だけだ。好不調の波が激しいが、物事をじっくり考えさせると人並み以上の力を発揮する男であることは確かだ。

自分は長く刑事として犯罪捜査にあたってきた。謎を前にして考え込むことが多かったという経験からだろうか、どうやら自分は杣のような学生に最も魅力を感じるようだ。

「この件は、いったん終わりでいいな。――ところで、相談したいことがあると言っていたな。どんな件だ」

優羽子の頰がすっと蒼《あお》ざめていった。薄く血管まで見えそうなその頰を震わせて絞り出したのは、

「いえ……もういいです」

細い糸を思わせる声だった。

優羽子が何を悩んでいるのか、これまでの様子からだいたい想像はついていた。

「では、気が向いたら話してくれ」

「……はい」

「きっとだぞ。でないと、わたしもモヤモヤするからな」

「お約束します」

「今度は、こちらから相談していいか」

「……わたしが相手になれるのでしたら、どうぞ」

「心配するな。助教しかなれん事案だ。じつは注意報告を一通紛失して困っている。どこへやったか知らないか」

優羽子の呼吸が早くなった。それが肩のかすかな動きから分かった。

「先日、教官室の前で杣から預かったな。あの中にあったぶんだ。杣が持ってきた封筒は、いったんきみに渡したはずだが」

「はい。ですがわたしは、それをそっくり教官にお預けしています」

「そうかな。きみは何か勘違いをしていないか。あの封筒には、報告が全部で何通入っていた？」

「五通です」

「するとわたしの間違いか。六通だと思ったがな」

「……どうして六通だとお思いになるんですか」

柚から受け取ったとき、中身を確かめていなかったはずだ。そう言いたいらしい。

「重さだよ。柚から預かったときと、きみから渡されたときで、紙一枚分の重さが違っていた」

優羽子は軽く目を見開いた。

「そんなことまで、お分かりになるんですか」

「ああ。目を一つ失った代わりに、いろんな感覚が鋭くなってな。酷い経験だったが、妙な見返りもあったものだ」

優羽子は珍しく自分の口元を触《さわ》った。その手がこめかみや首筋に移動する。人は動揺すると、それを落ち着かせようとして体の一部に触れたりするものだ。

「申し訳ありません」

首筋にやっていた手を下ろし、優羽子は頭を下げた。

「おっしゃるとおり、一通、お目にかけていないものがあります」

「では、いま読ませてもらえるか」

はい、と答えて優羽子は抽斗を開けた。取り出した注意報告は茶封筒に入っていた。

〝他人に読まれたくない仕様〟のそれだ。ただし封は切ってあるから、優羽子がすでに目を通したことは確かだ。

思ったとおり、提出者の欄にある名前は比嘉太偉智で、出だしの一文はこうだった。

【以前の授業で、風間教官から「嫐」という字を教えてもらったときには感動しました】

風間は、注意報告の用紙から優羽子の顔へ視線を移した。

「さっき終えたばかりの話をすぐに蒸し返してすまないが、どうだ？　気が向いたか」

男子学生から寄せられる度を越した思慕。一歩間違えれば、いわゆるセクハラに該当しかねない行為だ。問題がデリケートに過ぎる。被害者ならなおさらだ。そう簡単に切り出せない心情はよく分かる。

だが優羽子は、きっと顔を上げた。

「はい。お話しします」

32

地面から近い位置でひっそりと咲いているのはムラサキツユクサだった。

三弁の大きな青紫色の花をつける。赤や白の品種もある。丈夫で育てやすい。雄しべはよく理科の教材として用いられる。

そのように、いくつか特徴がある植物だが、何よりも空気中の有毒ガスを多く吸収してくれることで知られている。放射性物質の指標植物としても有名だ。

事件や事故を毒ガスと表現しては乱暴に過ぎるかもしれない。だが、この花に、社会の瘴気《しょうき》を一身に浴びながら日々を生きる警察官と、どこか重なるところを感じるのは、たぶん自分だけではないだろう。

そろそろ昼休みが終わる。

花壇の前でしゃがんだまま、風間は丹田に力を込めた。そうして三枚の花弁を三十秒間ほどじっと見つめてから教官室へ戻った。

自席に座ると、不要になった書類の裏側に、4Bの鉛筆を走らせた。まだ網膜に残っている像を頼りに、ムラサキツユクサの花弁をスケッチしていく。

「もしかして初めてかもしれません」

隣の席で優羽子が椅子を引く気配があった。昼食を終えて戻ってきたところらしい。

「教官がお描きになる絵を見たのは」

「いま花壇で目に焼き付けてきた花だよ」

この絵を、夕方にまた花壇の前まで出向き、実物と比較してみる。本物と違っている部分があれば、補正して絵を仕上げるのだと説明した。

「そうすると、何かいいことがあるんですか」

「ああ。文字を読むのが早くなる」

「本当ですか」

頷いた。嘘ではない。自分が学生時代に担任だった教官に教わった方法で、たしかに効果があった。記憶力の鍛錬にもなる。

忙しさにかまけて、訓練をすっかりサボってしまっていたが、いまの学生たちが卒業する前に伝えておきたい技だ。その前に、もう一度自分がどれだけできるのか試してみたのだった。

「夕方の補正が終わったら、どうなさるんですか、その絵を」

「どうもしないが」

取っておいても使い途《みち》がない。屑籠《くずかご》行きになるだけだ。

「よかったら、わたしにいただけませんか。記念に」

何かいいことがあったのか、優羽子の口調や雰囲気はどこか弾んでいる。

「ああ。かまわんよ」

「ありがとうございます。――それからこれ、全員分が集まりました」

A5判用紙の束だった。先日、朝のホームルームでクレー射撃について問題を出した。その解答用紙だ。

受け取りながら風間は立ち上がった。ほかに必要な書類を手にして教官室から廊下へ出ると、すぐに優羽子もついてきた。

向かった先は、教官室からほど近い場所にある二十人規模のミーティングルームだった。いまからこの部屋で、初任科担当の教官会議が開かれる予定になっている。

金曜日の五時限目。学生たちは外部から来た講師の指導を受け、各々のクラブ活動に参加している時間帯だ。

定刻の午後三時十五分になった。

だが会議が始まることはなかった。教官と職員は全員顔をそろえたが、肝心の校長、久光がまだ姿を見せていないとあっては、開会を宣言するわけにはいかない。

風間は、先ほど優羽子から渡されたA5用紙の束をパラパラと捲った。すると隣に座った彼女がすっと体を寄せてきて、こちらの耳元で囁いた。

「そう言えば久光校長、プールで足が攣ったそうですね」

優羽子の言葉を耳にし、風間はそれと悟られぬよう、ふっと笑った。

あのアクシデントを、久光は学生たちの目から必死に隠そうとしていた。

それに気づいたから、自分も彼を庇《かば》う形で、できるだけさりげなく水中で足を動かし、プールサイドまでたどり着いた。

だが、そうした健気《けなげ》な試みは見事に失敗したようだ。優羽子の知るところとなったということは、学生の誰かが彼女に教えたわけだ。まだ半人前の連中だが、それでいてなかなか目敏《めざと》いところもある。

「ご病気のせいでしょうか。中高年の場合は、循環器の機能が衰えて血液の流れが悪くなると、よく足が攣るようになるといいますから」

「そうらしいな」

校長は健康診断の結果を気にしていたようだ。そう優羽子に伝えたときには、ミーティングルームの中がだいぶざわつき始めていた。いくら待っても久光が姿を見せないせいだ。

この場を取り仕切る総務部長が、先ほどからずっと折り畳み式の携帯電話に耳を当て続けているが、応答はないようだ。

彼が諦めて端末を上着にしまったところで、教官の一人が切り出した。

「みなで探しに行きましょうか」

そうするしかないな、という雰囲気が出来上がっていた。誰からともなく立ち上がり、会議室を出ていく。

風間も優羽子と一緒に椅子から立ち上がった。

「もしかしたら校長は、会議があるのをすっかり忘れて、どこかのクラブ活動に顔を出して油を売っているのかもしれませんね」

優羽子はそう言いながら、将棋クラブの活動が行なわれている部屋を廊下から覗いた。

久光の姿は、この室内には見当たらない。

そのとき、廊下の向こう側から総務課の若い職員が小走りに近づいてきた。こちらの姿に目を留めると、彼は歩速を緩め、だが完全に足を止めはせず、息を切らせながら言った。

「校長が見つかったようです」

若い職員は手に携帯電話を持っていた。それで校長発見の連絡を受けたらしい。

「どこで？」

優羽子が訊くと、職員はまた足を速めて走り出した。

「こっちです。来てください」

本館を出た。渡り廊下を通って術科棟の一階廊下を進むと、やがて塩素の臭いが漂ってきた。

屋内プールに通じる扉を開けた。

そこではいま、水難救助訓練も基礎泳法実習も行なわれていない。

だが異様に騒がしかった。

学生の姿はないが、駆け付けた教職員たちが、「早く引き揚げてっ」、「救急車呼んだかっ」といった声を張り上げている。

教職員の何人かは、先日こちらがそういう羽目に陥ったように、着衣のままプールの中に入っていた。

そして、彼らが作る輪の中央では、一つの人影が水面に浮かんでいた。

背浮きではない。

反対に、俯《うつぶ》せになった状態だ。

その背中は、久光のものに違いなかった。

33

学生面談室の壁に掛けられたカレンダーは、まだ八月のままだった。

県警の広報課が作製した、一か月ごとに切り取って使うタイプのフォトカレンダーだ。八月の写真は、本部長による査閲式を遠景から捉えたものだった。

それを切り取り、九月に更新すると、査閲式が卒業式に切り替わった。ちょうど一年前に、この学校のグラウンドで撮影されたものだ。もう少し解像度が高ければ、この中に、見知った顔を幾つか見つけることができるかもしれない。

九月六日。

今日の日付に丸印がつけてあった。枠の中には小さく鉛筆の文字で「伊佐木陶子面談日」と書き入れてある。やや強めに右肩の上がった細い文字は、助教である平優羽子の筆跡に違いなかった。気を利かせ、先月のうちに書き入れておいてくれたようだ。

風間は切り取ったカレンダーを細かく千切った。その紙片を屑籠に入れると同時に、ドアがノックされた。昼の十二時半、約束の時間ちょうどだ。

入ってきた伊佐木陶子の様子に、それほど変わりはなかった。

ソファに座るように促した。

「これ、持ってきました」

陶子が小さな紙片をテーブルに置いた。自分の写真だった。休学中ではあるが、四か月間は一緒に過ごした仲だ。卒業アルバムには、別枠扱いではあるものの、陶子の顔も載せることになっている。

陶子の視線は定まっていなかった。ドアの方をちらちらと気にしている。

「どうした？　落ち着かない様子だな」

「……いえ、別に」

「遠慮するな。言いたいことがあるなら吐き出した方がいい。ストレスを溜めないことだ。お腹《なか》の子のためにもな」

「ではお訊きしますが……何かあったんでしょうか、この学校で」

「どうしてそう思う？」

「足音が違うんです。休学する前と、いまとで」

「ほう。どんなふうに違う」

「ちょっと、うまく説明できません。強いて言えば、音が重たいというか……」

——休学させるが、三週間に一度の割合で顔を出すように。

そのように陶子へ申し伝えたのは、せっかく身につけた警察官としての能力が、長期の休みのせいで完全に抜け切ってしまわないように、との配慮からだった。だが、もしかしたらそれは杞憂《きゆう》だったかもしれない。彼女の勘は相変わらず鋭い。

陶子が見抜いたとおり、いまは学校全体が重苦しい雰囲気に包まれていた。

先週、プールで浮いている久光が見つかったとき、風間はすぐ水に飛び込んだ。久光に向かって泳ぎ、他の教官と一緒に彼の体を抱え、水から引き揚げた。久光はすぐに救急車で病院に運ばれていった。

幸い、心肺停止には至っていなかった。昨日になって意識が少し戻ってきたらしいが、容態は予断を許さない。

久光は、お世辞にも人望のある校長とは言えなかった。だが、いざこのような事態が起きてみると、教職員たちは一様に動揺を隠せないでいる。

その狼狽《ろうばい》が、学生たちが抱える卒配の不安と共鳴し合わないといいのだが……。そう心配していたとおり、あの事故以来、教え子たちの動作はどこかぎこちない。

久光の一件については、本部から学校関係者に、他言無用との厳命が下っていた。県警の記者クラブには「体調不良で入院」とだけ説明してあるため、県内で発行されているどの新聞も記事にしていなかった。

陶子は、休学中とはいえ学校の関係者なのだ、知る権利はあるだろう。風間は久光の事故について教えてやった。

ああ、それで……。呟いて陶子は目を伏せた。この重苦しい空気の原因が分かって安心するのかと思ったが、やはり校長の容態を案ずる気持ちが先に立ったようだ。

「いまは、毎日どんな生活をしている？」

「家で静かに勉強をしています」

体調はどうだ。よく眠れているか。困っていることはないか――。簡単な質問を重ねて面談を一応終えたあと、風間はもう一度壁のカレンダーに首を向けた。

「次はいつだったかな」

この位置からでは少し見づらいが、九月六日のほかに二十七日にも優羽子の文字が書き入れてあるようだった。

二十七日といえば卒業式の前日だ。その日は、風間教場の学生を対象にして『卒業記念ミニ講演会』が予定されていた。ちょうどいい機会だから聴講していくように、と陶子には伝えてあった。

「このままいけば、講師は変更になるだろうな」

ミニ講演会の講師は久光だった。

その久光は、意識こそ戻ってきたとはいえ、まだ体はまったく動かせない状態だという。おそらく、今月末までの復帰は無理だろう。もしできたとしても、車椅子で卒業式に顔を出すのが精一杯ではないのか。

「辞めたかったんだな」

前置きを抜きにして切り出すと、はっとした様子で陶子は顔を上げた。

父親と叔父は県警の幹部だ。男兄弟のいない一人娘。そうした環境から、半ば強制された形で自身も警察に入ったが、どうしても馴染むことができなかった。しかし辞めたいとははっきり言えない。

悩んでいたところで、同じ境遇にある男子学生がいることを知った。母親の期待にそむくことができず、自分の希望に反して入校してきた杣だ。

共通の敵がいる者は、絆《きずな》を強くする。

「互いの境遇を打ち明け合ううちに意気投合した。妊娠するならしてもいい。そうなれば辞める口実ができてかえって好都合。そのぐらいの気持ちで関係を持った。――そういうことか」

「おっしゃるとおりです」

「境遇も似ていたが、本当のところ、打算なしで惹かれ合いもした」

「はい」

指摘されて逆に安心したようだ、どこかさばさばした返事だった。

「本当は何をしたかった。やはり書籍に関わる仕事か」

「はい。ですが……」

次の言葉はなかなか出てこなかったが、風間はじっと待った。

「ですが、ここにきて初めて、なぜか警察も悪くないと思えるようになりました。ですから、もう少し身の振り方をよく考えたいと思います」

「いいだろう。――ところで伊佐木、きみなら校長の代わりに、誰の講演を聴きたい？」

「そうですね……。校長が予定されていた演題は何でしたか？」

たしか『長い警察官人生』だったはずだ。そう教えてやった。

「では……宮坂さんではいかがでしょうか」

陶子が口にした名前がやや意外だったため、風間はどう答えたものか、一拍迷った。

「きみたちにとっては〝世話係〟の、あの宮坂定だな」

「そうです」

「どうして彼がいいと思った」

「きっとみんな、いまは目先のことが不安でしょうがない時期だと思うんです。卒配のことで頭が一杯ではないか、と。ですから、校長には失礼ですが、『長い警察官人生』といった遠い未来を見据えたような話をされる方より、もっと若い講師の方が向いているような気がします」

風間は目で頷いた。

「だとしたら、ここ二、三年のうちに学校を出たばかりの若い先輩が適任だと思うんです」

「たしかにな」今度は口に出して答えた。

「わたしの場合は、宮坂さんには入校当初お世話になったのに、まだ休学の挨拶をしていませんし……」

陶子は居心地が悪そうに、肩を小さく揺すった。欠礼したままでいることがことのほか気になるらしい。

「貴重な意見に感謝する。では宮坂に打診してみよう。——それから、一つ頼みがある」

帰りかけていた陶子が動きを止めた。

「これから、外で地域警察の授業を行なう」

ここは一階だ。窓から南側を見やれば、同じ高さにグラウンドが広がっている。

「よかったら、きみにも付き合ってほしい。見学ぐらいならできるだろう。この窓際に座って、しばらく授業の様子を眺めていてくれればいいだけだ」

34

グラウンドに出ていくと、すでに学生たちは整列していた。

風間はゆっくりと首を回しながら、並んだ一人一人の顔を視野に入れていった。

何人かの学生は、内心の不安を目にはっきりと表している。

これは予想されたことだった。現場に配属される不安から、例年、卒業が近くなると、急に怖気《おじけ》づく学生が出てくる。彼らの心配を取り除いてやるのが、卒業前の大きな仕事の一つだ。

最後に視線を据えた相手は杣利希斗だった。

「襲われている人を助ける。それが警察官の仕事だが、自分が襲われることもある。護身術については他の授業でも学んできたはずだが、今日はわたしからも自己防衛の方法を教えておこう。──こっちに来てくれ」

風間はまだ視線の向きをそのままにしていた。先ほどから目の合っているその学生、杣は、突然指名されて狼狽したらしい。一歩前に進み出た彼の足取りは、たたらを踏んだように不安定だった。

「何を遠慮している。もっと前に来たらどうだ」

手招きして、風間は杣を自分の前に立たせた。

「きみも左利きだったな」

杣が答えるやいなや、風間は彼の右足を踏んだ。

「こうして軸足を封じる。これが自己防衛の基本だ。軸足は利き手の反対と覚えておけばいい。例外もあるが、たいていはそうだ」

風間は杣の足を放した。

「つまり相手が左利きなら右足、右利きなら左足。そこを抑え込むわけだ。──わたしは右利きだ。さあ、こっちが敵だと思って踏んでみろ」

ちょっと考えてから、杣は左足を踏みにきた。

風間はそれを難なくかわしつつ、全員の方へ向き直った。

「体を動かすうえで大事なことを教えておこうか。あるテニスのレッスンプロがこう言っている。一人の人間の中には、二人の自分がいる、と」

　目の前を何かが横切っていった。ギンヤンマかオニヤンマか。いずれにしろ大きなトンボに違いなかった。日は照っているが、制帽の内側にはそれほど蒸れを感じてはいない。肌を撫《な》でていく弱い風には、すでに秋の気配が忍び込んでいる。

「もう少し詳しく説明しよう。つまり一人のプレーヤーの中に『ボールをよく見ろ』あるいは『もっと肘を曲げろ』とあれこれ命令する自分1と、それを実行する自分2がいる、ということだ。そのレッスンプロによれば、自分1が出しゃばり過ぎると、自分2は持てる能力を発揮できないという」

　杣へと視線を戻した。

「わたしの言いたいことは分かるな。つまり考え過ぎるのは体を動かすうえで逆効果だということだよ。――さあ、もう一度やってみろ」

　今度はあまり間を置かず、杣は左足を踏みにきた。それも難なくかわし、返す動きで風間は杣の右足をまた踏んだ。

「どうだ、動けないだろう。どんな乱暴な手を使ってもいいから、わたしの前から逃げてみろ」

　杣は両手を突き出し、こちらの胸を押してきた。

風間は杣の左腕を摑んだ。自分の肘を絡め、捻《ねじ》り上げる。杣が痛みから逃れようと体を二つ折りにしたため、こちらに背中を見せる形になった。風間は杣の左手を抱えたまま、自分の肘を彼の左肩に当てた。

「いいか、みんな。中学校で習った梃子《てこ》の原理を思い出せ。杣の肩が支点、前腕が力点、そして肘が作用点だ」

そのような形で肘関節を極《き》めてやったところ、

――ぐっ。

杣は短く呻いて顔を歪め、さらに痛みから逃れようとし、地面に体を伏せた。

「これは柔道でいう脇固めだ。プロレスが好きな者にはサイドアームロックと言った方が通りがいいだろうがな」

腕を放してやると、肘をさすりながら杣はこちらを見上げた。

「護身術としては役に立つ技だ。警察官である、ないにかかわらず、この技を覚えておくに越したことはないぞ」

起き上がるのに手を貸してやりつつ、風間は杣に囁いた。

「グラウンドの北側を見てみろ」

そこへ目をやった杣の顔色が、すっと蒼ざめた。動揺したらしく、目が泳ぎ始める。

「もう一度かかってこい」

再び杣は風間の左足を踏んできた。今度の動きは素早かった。

35

机の上には学生たちが提出した注意報告の用紙が載っていた。それを手にして捲り始めたとき、甘い香りが鼻腔をくすぐった。隣席の優羽子がこちらを向いたことは、この匂いですぐに分かる。

優羽子は顔を曇らせていた。

「杣の方は、どうしますか」

自席の机上に置いてある小さなカレンダーに優羽子は目をやった。

「大丈夫でしょうか。卒業まであと少しですから、なんとか持ちこたえてくれればいいんですが……」

「どうかな。わたしがどうこう言っても無理かもしれん」

「そんな……」

「なに、わたしが駄目でも、まだ説得者はいるさ」

誰ですか？　そう訊きかけて、優羽子はいったん口を閉じた。こちらが言わんとしていることが彼女にも分かったようだ。

ここで教場当番の学生が迎えに来た。風間は教官室を出て、朝のホームルームに臨んだ。

今朝の学生たちの表情からは、卒業前の緊張感が少し抜けているように感じられた。彼らにも、すでに久光の様子が伝わっていたようだ。

自分の口から簡単に校長の容態を伝えておこうかとも思っていたが、その必要はないだろう。いずれ副校長の口から学生に向けて正式に発表があるはずだ。そう考えて、すぐ本題に入ることにした。

「一昨日、地域警察の授業でわたしが言ったことを覚えているな」

目を合わせてきた男子学生がいた。その視線に応じてやると彼が答えた。「一人の人間には二人の自分がいる、というお話でしょうか」

「そのとおりだ。卒業が近くなり、こっちの講話ネタも尽きてきた。だから今日も似たような話で勘弁してもらおうか」

風間は咳払いを一つ挟んで続けた。

「どこかの国に一人の政治家がいた。彼の国ではあるとき、警察官を減らそうとの運動が広まった。その政治家は、本当にそうするべきかじっくり検討するために、あることをした。何をしたと思う？」

誰も答えられなかった。

「みんなノートを持っているな。白紙のページを一枚破ってくれ」

ビッ、と教場に響き渡った紙の音は、見事に足並みがそろっていた。

「その紙を半分に折ってくれ」

紙を折る音にも乱れはなかった。半年間一緒に生活したことの成果は、こういう部分によく表れる。

「折った紙を目の前に掲げてみてほしい。それが答えだ」

沈黙が深くなった。誰もがますます分からない、という表情をしている。

風間は黒板の方を向いた。白いチョークを手にし、黒板の中央に縦線を一本引く。

そして線の右側に『減』、左側に『増』と書き入れた。

「いいか、この黒板がきみたちの紙だと思え。――さて、警察官を減らした方がいい理由は？　思いついたことを言ってみてくれ」

学生たちに背を向けたまま問うと、誰かが答えた。

「やっぱりお金の問題だと思います。多いとその分、たくさん給料を払わないといけませんから」

「要するにこういうことだな」

風間は『減』の方に『人件費』と書き入れながら続けた。「ほかには何がある？」

「人数が多いと、制服や帽子、装備品の数もその分だけ必要になります」

『人件費』の横に『装備品代』と書き足す。

「あとは」

「監視社会になって息が詰まる」、「町の雰囲気がものものしくなり住みづらい」といった意見が出たので、その旨も書き足しておいた。

「では、増やした方がいい、という理由は何だ」

「犯罪の抑止に尽きると思います」

『増』の側に『治安』と書き入れた。

「危険運転や事故の防止につながります」

『治安』の横に『交通安全』と付記する。

「迷子や孤独死の対策」、「地域で困っている人の相談相手」そんな意見も簡単な言葉に置き換え、書き足してから、学生たちへ向き直った。

「これが、件《くだん》の政治家が取った方法だよ。公正な判断力を養うには、このやり方が一番だろう。頭だけで考えるよりも手間がかかるが、導き出される結論にはきっと得心がいくはずだ。これからの警察官人生で、悩みにぶつかったときは、ぜひこの方法を試してほしい」

36

「茶道では、一期一会という言葉をよく使います――」

風間がそっと部屋のドアを開けると、学生たちの前で喋っていた外部講師が言葉を切った。

クラブ活動には毎回和服姿で臨むその女性講師に、途中で邪魔したことを小さな仕草で詫びてから、部屋の隅へと進み入る。

「この言葉の意味はつまり、いま茶を介して向かい合っている人とは、もうこれきりで二度と会えないと思って、一所懸命に接待をしようということです。茶道クラブの活動も、今日で最後ですね。わたしと皆さんはもう会う機会がないかもしれません。そう思って、最後の点前《てまえ》に励んでください」

風間は、いつかもそうしたように、杣と比嘉の近くで正座をした。

意識しないうちに、ふっと一つ軽い息を吐いていた。畳が持ち込まれた教場に入ると、蘭草の香りに気持ちが落ち着く。

今日も亭主役は杣で、客人役が比嘉だった。

「始めてください」

講師の合図で、杣の手がさっと自然に動き出した。釜の蓋を開け、長い柄の柄杓《ひしゃく》を持った。釜の湯は下からと決められている。そのとおり、底の方から取った湯を注ぎ、茶を点《た》て、こちらと比嘉の前にすっと差し出した。左手はきちんと腰に残している。

「ここにきて、やっと動きが板についてきたな」

「ええ。だいぶ苦労しましたが」

杣が言うには、点前の作法について、その場でメモを取らせてもらえないことが大変だったそうだ。「考えてはいけません。自分の手が知っているのだから、手に聞きなさい」それが講師の口癖だったという。

「それが大事なことだよ。ほかの授業でも変わらんだろう」

点検教練や拳銃操法で、同じ動作を何度も繰り返すのは、意識せずに型どおりに手が動くようにするためだ。

風間は比嘉の方を向いた。ふいに膝を詰め、顔を近づけてやると、比嘉はさすがに狼狽《うろた》える素振りを見せた。

「……教官、どうかなさいましたか」

「前に教えなかったか」

「何をでしょうか」

「本来、茶道とはどのようなものであったのかを、だ」

比嘉はごくりと唾を飲んだ。喉ぼどけの動きに合わせ、その音がはっきりと聞こえた。

「覚えているな。わたしは何と教えた」

「……茶を発達させたのは、戦国武将たちだ、と」

「それから」

「それは、相手が味方のままでいるか裏切るかを、間近で観察して知るためだった……とも」

「そのとおりだ。いま、わたしもそうしているわけだ。比嘉、きみの肚《はら》が知りたくてな」

ふっと笑って、風間は顔を離した。

「いや、驚かしてすまなかった」

杣の点てた茶を一杯だけ飲んでから、風間は部屋を後にした。

一度教官室に戻り、頃合いをみてから学生面談室に向かった。

ドアを開けて中に入ると、杣はすでに来ていた。窓際に立って外を眺めている。

今日の杣にはクラブ活動を早めに切り上げてこい、と申し渡してあった。放課後の掃除当番も特別に免除してある。

杣は振り向かなかった。こちらが入室してきたことに気づかないようだ。

足音を殺し、窓際に近寄っていったところ、耳に届いたのはガシャガシャという装備の音だった。

「持つな、触るな、蹴飛ばすな」

対爆弾三則を唱える、何人かの疲れた声がそれに続く。

先日、地域警察の授業で自分と杣が足の踏み合いをした場所を、いま濃紺の出動服を着た五人ほどの学生が走っている。全員がヘルメットを被り、編上靴を履いていた。手足にはプロテクターを着け、防炎マフラーで首を包み、ポリカーボネイト製の大盾まで携行している。初任科長期課程の学生らしい。

「一人で五人と戦える体を作れ」それが口癖の担任教官から、居残りのランニングを命じられたようだ。

五人の表情は苦しげだった。無理もない。特殊大盾と対爆弾用ヘルメット、対爆装備だけで総重量は四〇キログラム近くになるのだ。

五人とも、もう腕に力が入らないらしく、どの盾も下縁が地面すれすれだった。

ポリカーボネイトの盾はジュラルミン製に比べて軽量化されている。そう思っている者が警察関係者の中にも多いが、実は違う。防弾性能こそ向上しているが、かえって重くなり、六キロを超えてしまっている。

居残りランニングの学生に、杣は自分の姿を重ねているようだ。その回想が楽しいものではないことは、小さく萎んだような背中がよく物語っている。体力のない彼にはつらくない授業の方が少なかったろうが、警備実施訓練はその最たるものだったはずだ。

「待たせたな。始めようか」

静かに声をかけると、杣が振り返った。まるで入校したばかりの姿に見えたのは、ネクタイを必要以上にきつく締めているせいか。

前に陶子が座ったソファを指し示し、風間も腰を下ろした。預かったままにしてある退校願の封筒をテーブルの上に置いてから訊く。

「持ってきたか」

「はい」

「見せてみろ」

杣は手に持っていた紙を開いた。文字が何行か書いてある。こちらから字が読めるよう向きを変え、杣はその紙をテーブルに置いた。紙にはこう記してあった。
○警察学校を辞めた方がいい理由
・授業についていくのが難しい。
・体力的にも劣っている。
・そもそも自分はいろんな能力が足りていない。
・モチベーションの低下。
・卒業後、現場に出てからの不安が強い。
○警察学校を辞めない方がいい理由
・警察官という仕事にまだ興味がある。
・数回だけ風間教官に褒められたことがある。
昨日、ホームルームでの講話を聴かせたあと、杣に命じて書かせたものだ。彼を翻意させる説得役として最も適任なのは、そう、杣自身を措《お》いてほかにはいない。

「それで、結論は?」

今朝、久光に付き添っている職員から、「車椅子で卒業式に出席できるまでに回復した」との連絡が入り、学校全体の雰囲気は以前のように暗くはなかった。だが、

「辞めさせてもらいます」

そう答えた杣の声は、どこまでも重く沈んでいた。

「それがきみの公正な判断ということだな」

「はい」

「これでもか」

風間はペンを持ち、『辞めない方がいい理由』の欄に一語を書き加えた。

「……どういう意味ですか」

風間はテーブルの上に、小さな四角い紙をそっと置いた。先日、伊佐木陶子から受け取った顔写真だ。

「何が必要だ？　彼女と家庭を築いて生活していくには」

杣は俯《うつむ》いた。

――『家庭』

いま新たに書き加えられた文字に、じっと目を向けている。

「きみが退校しようとした本当の理由は、実にシンプルだった。ひとことで言えるほ

どにな。責任感だろう。違うか」

杣はわずかに頷いた。

自分のせいで陶子の成績が下がった。ついには休学となり、下手をすると警察官の道を諦める羽目になるかもしれない。だというのに、自分だけ残っていていいのか。元はと言えば、妊娠させたのはこの自分なのだ。そう悩んだ末の結論が、退校願だった。

「伊佐木が妊娠していることは？」

「つい最近、知りました」

「連絡は取り合っていなかったのか」

もう一度杣は頷いた。「携帯の使用が制限されていましたから」

休学になったことでピンときた。そういうことかもしれない。

ここで杣は『家庭』の文字から顔を上げた。

「責任を感じる先を間違ってはいないか」

「どういう意味でしょうか」

「同期の漆原とは仲がいいのか？」

急に話の方向が変わったため、その目指すところを探ろうとしてか、杣は素早く瞳を動かした。

「少しぐらいなら付き合いがありますが、親友というほどではありません」

「それでも、彼の話は聞いているだろう。漆原がどういう思いで警察官の道を歩んでいるかは」

「はい。自分のために事故で亡くなった先輩がいて、漆原巡査は、その人の命を背負いながら生きているのだ、と」

「そう。だから彼は、人一倍毎日必死になっている」

「ですね」

「まだ気づかないか」

「……何にでしょうか」

「きみとて同じだ、ということに」

ただし背負っているのは、もうこの世にいない者ではなく、これから生まれてくる人間の命だがな。

そんな思いを目に込めて、風間は正面から杣の顔を静かに見据えた。

37

学生面談室を出たあと、風間は術科棟へと足を運んだ。

百二十畳敷きの道場には、饐《す》えたにおいが漂っていた。学生時代から、この道場特有の汗臭い匂いは、それほど嫌いではない。

比嘉太偉智の前に風間は立った。比嘉には、目を合わせる気はないようだ。彼の視線はこちらの足元あたりに向けられていた。

「ある哲学者はこう言っている。——道場に足を踏み入れると、その瞬間から体感が変化し始める。皮膚が粟立《あわだ》つような気持ちのよい緊張を感じ、意識が変性する。道場というのは、そういう特殊な空間だ、と」

風間は道着の帯を軽く締め直した。

「何をごちゃごちゃ理屈をこねているのか、そう思ってうんざりしたかもしれんが、ともかく比嘉、きみなら、この哲学者が言わんとしている感覚が分かるだろうな」

「どうですかね。おれには、あまりピンときませんよ」

不遜な態度で応じた比嘉の目はまだ下を向いている。

風間は彼の視線をたどった。

そうして足元を見やると、畳の上に血痕があった。まだ新しい。直前までここを使っていたのは機動隊員たちだ。その訓練の凄《すご》さが想像された。同時に、まったく気づかずに、自分の足がこの血痕を踏みつけていたことに軽く狼狽する。

動揺を外に出さないよう努めつつ、そっと立ち位置を変えた。

「前置きはこのぐらいにして、では教えてくれ」

「十字絞めのやり方は難しくないです。基本は三ステップしかありません。一、相手の喉元付近で両手を交差させる。二、交差させた状態で左右の横襟をつかむ。三、横襟をつかんだ両手を手前に引き寄せると同時に、前腕で正面から敵の頸部《けいぶ》を圧迫して極める」

「分かった」

教えられたとおりの手順で、風間は比嘉に十字絞めをかけた。

初めは、あえて腕から力を抜いた。

「どうしました」比嘉の声には嘲笑が含まれていた。「もっと強く絞めても平気ですよ」

「そうか。では、このぐらいではどうだ」

一気に腕の筋肉を硬直させた。

ぶっ、と湿った音とともに、比嘉の口から泡立った唾液が漏れた。

「ちょっと……苦しいかも、です」

「ほう、そうか。しかし、平助教の感じた痛みは、こんなものではないぞ」

「……ど、う、いう、意味、で、す、か」

「とぼけなくてもいい。もう一度言ってみてくれないか」

「な、に、を、で、す、か」

「きみが助教に言った言葉をだ」

風間が少し襟を緩めてやると、比嘉は肩を激しく上下させた。

「どの、言葉、ですか」

「わたしの名前が出てくる言葉だよ」

交際してください——注意報告という隠れ蓑《みの》を使い比嘉が優羽子に寄せたメッセージは、単なる悪ふざけではなく、本心に近いものだった。

その後、機会を見つけては優羽子に接触を試みていた比嘉は、いつかこう口にしたそうだ。

——ぼくが辞めたら、風間教官もクビになるんですよね。風間教官をクビにしたくなかったら、ぼくと付き合ってください。

その言葉に、優羽子は激しく動揺した。

「……ぼくが辞めたら、風間教官もクビになるんですよね」

「ああ、そうだ」風間は十字絞めの手に再び力をこめた。「教官を脅迫するとはいい度胸だな。ほかに言うことはないか」

「す、み、ま、せ、ん、で、し、た」

謝罪の言葉を最後まで聞き届けてから、風間は腕の力を抜いた。比嘉の顔色については、十分に注意した。だから命の危険はなかったはずだ。

「いいか。一つだけ言っておく」

口の端から涎《よだれ》を垂らしたままぐったりしている比嘉に、風間は顔を近づけ、言った。

「わたしを甘く見るなよ」

38

教官室に戻ると、隣席の優羽子は、まっすぐ前を向いて事務仕事を続けながら、器用にも小さな声だけを真横に投げてよこした。

「やはり杣でしたか？　伊佐木を妊娠させたのは」

「ああ」

　こちらも机上の書類に目を落としながら、そう答えた。

　どうしてお分かりになったんです？　――そんな野暮な質問は、さすがに優羽子の口から出ることはなかった。

　分かるも何も、それを示す現象は目の前で起きていたのだ。

　陶子の成績が下がったとたん、杣もそうなった。陶子が休学したと思ったら、杣も退校願を出してきた。二人の動きは一心同体と言ってもよかった。明らかに普通の関係ではない。

　近親者が警察の上層部。立場上、本心に背いてここへ入校せざるを得なかった。元々互いに好意を持っていたところに、そうした共通点が重なり、関係を持つに至ったのだろう。さらに陶子の方は、そのときにはすでに妊娠による退校という半ば投げ遣《や》りな目論見《もくろみ》を抱いていたのではないか。

　ここでようやく横へ顔を向けた優羽子は、

「教官、ミニ講演の件ですが」

　そこまで言って、あっ、と軽く驚いた声を上げた。同時に、何かが教官室の窓ガラスに当たる音がした。

「トンボ……」

優羽子が窓の方を指さしている。そちらへ風間も首を向けた。いつぞや雀《すずめ》がぶつかってきたガラスは、今日も、人間ですら何もない空間と誤認するほど磨き上げられている。

「すみません。いまのトンボ、ずいぶん大きかったので驚いてしまって。――教官はご覧になりましたか？」

虫の翅《はね》が窓ガラスを叩く乾いた音なら、たしかに耳にした。だが顔を向けたときにはすでにどこかへ飛び去ったらしく、その姿を目で捉えることはできなかった。

「いや、見逃した」

この返事に、優羽子は意外だという顔をした。

「……そうですか」

「どんなトンボだった」

「ギンヤンマとかオニヤンマというんでしょうか」優羽子は右手の親指と人差し指を目一杯に伸ばして見せた。「体長はたぶん、このぐらいありました」

「大きなトンボはですね」

近くの席に座っている他の職員が口を挟んできた。

「たいてい縄張りを持っているんです。花壇で土をいじっていればまた遭えますよ、風間先生」

そう言って笑った職員の声に、遠慮がちなところはなかった。

教官室の雰囲気は、ここ数日間とは違っていた。微妙に感じられる程度だが、以前より明らかに空気が緩んでいるのは、久光が順調に回復しているからだろう。

その職員が言うとおり、たしかに先日グラウンドで授業をしたときにも、ヤンマ科と思《おぼ》しき大型のトンボが飛んでいた。

「ところで、ミニ講演の件がどうした？」

「宮坂くんから諒承《りようしよう》をもらいました。喜んで講師を務めさせていただきます、と」

「ありがたい」

39

花壇の手入れを終えて教官室へ入っていくと、見知った姿があった。宮坂だ。

優羽子と何やら相談をしていたらしい。額を突き合わせていた二人が、ぱっと離れたあと、密《ひそ》かに目配《めくば》せをし合ったのを、風間はあやうく見逃すところだった。話の内容は、どうやら知られたくない類のものだったらしい。

「忙しいところ申し訳なかったな」こちらの方から宮坂に声をかけた。「今日はよろしく頼む」

「わたしの方こそ、また呼んでいただき光栄です」

三月に世話係として来校したときには頭を坊主刈りにして周囲を驚かせた宮坂だが、その髪もいまでは、耳が半分隠れるほどにまで伸びている。

「風間教官」優羽子が言った。「宮坂くんの考えた演題ですが、ちょっと変だと思いませんか」

『卒配の配は心配の配か？』――それがミニ講演のタイトルだった。講演の内容は、完全に宮坂に任せていた。学生たちは、きっと卒配直後のことを聞きたがっているのだろう。宮坂もまた、陶子と同じように、そう考えたらしい。

「これだと、配の字が多すぎて、どうも読みづらいんです」

「待ってくださいよ」宮坂が割り込んできた。「たしかにそうかもしれませんけど、かといって『卒配間近のきみたちへ』じゃあ、あまりに平凡でしょう」

そろって伺いを立てる目を向けてきた二人に向かって、風間は軽く手を振った。

「演者は宮坂だ。わたしなら主役の考えを尊重する」

小さく拳を握った宮坂に、優羽子は露骨に顔をしかめてみせた。

その拳を握ったまま、宮坂は膝を詰めてきた。

「ところで教官、ただ話をするだけでは工夫がありません。ですから、ちょっとした職務質問の寸劇といいますか、実演を取り入れたいと思います。風間教官、ご協力いただけますか」

「いいだろう」

簡単な打ち合わせをしてから、講演会場である第三教場へ移動した。

『卒配の配は心配の配か？』——その、たしかにくどい感じのする講演タイトルと、『講師 K署・宮坂定巡査』の名前は、ともに毛筆で長い紙に書かれ、黒板の上に掲示してあった。書いたのは達筆で鳴らす兼村だろう。

教場内に陶子の姿を確認してから、風間は優羽子と並んで、前方隅に置かれた椅子に腰を下ろした。

「堅苦しい挨拶はなしにする。その他の前置きもなしだ」

演壇に立って学生たちと対峙《たいじ》した宮坂の、それが第一声だった。なにせ「ミニ」のつく企画だ。彼に与えられている時間はわずか四十五分。質疑応答の時間を入れてちょうど一時間に過ぎない。

「それから抽象的な話も一切なし。講師はおれだけど、できるだけおまえたちにも喋ってもらうぞ。じゃあ何の話をするかというと、卒配後のおまえたちに課される大仕事、職務質問の話だ」

宮坂は舌先で軽く唇を舐《な》めた。

「職質については、この半年間で風間教官から何度も教わったはずだな。ではどの程度身についているか、卒業前におれが点検してやる。――さて、おまえたちが街中で職務質問《バンカケ》をしようとするとき、まず心掛けることは何だ？」

誰か答えてくれるやつはいないか。そんなふうに宮坂は、学生たちに向けた人差し指をゆらゆらと動かした。

最初に手を挙げたのは兼村だった。

「どういう種類の犯罪者を検挙するのか、狙いを定めます」

「よし、合格。ほかの心得は」

漆原と杣が同時に挙手した。宮坂の目が杣の方へ向く。

「怪しいと思ったら、迷わず瞬時に声をかける、でしょうか」

「そう。嫌だなあ、なんて一瞬でも迷うと失敗するぞ。これは経験から間違いない。

――じゃあ仮に覚せい剤事犯に的を絞ったとしようか。そのとき相手のどこに注意する」

宮坂は場の雰囲気を醸成するのがなかなか上手いようだ。一斉に手を挙げた学生たちに、臆する様子は微塵《みじん》もない。

「頰がこけている」これは漆原が答えた。「それと、顔が青白い。肌に艶がない、です」

「そうだ。ほかには」

今度は杣と比嘉が一緒に手を挙げた。

「さっと視線を逸《そ》らす。それから、目の焦点が合わないというのもあります」

「よく唾を吐く。前歯が欠けている。あとは、喉が渇くため唇をよく舐める、です」

「いいぞ。よく唇を舐めるとどうなる」

一瞬の間があり、答えたのはまた兼村だった。

「腫《は》れます」

「そう。するとどうする」

「マスクで隠します」

「こうだな」

宮坂は用意してきたマスクをかけた。

「腕や足に注射痕がある場合は、真夏でも長袖です」

「そうか」

マスク越しのくぐもった声で答え、それまでワイシャツの袖を捲っていた宮坂は袖を元に戻した。続いて、その両腕をぱっと広げてみせる。

「さあ、これで不審者の出来上がりだ。――ところでおまえたちは、『どうやって職質をするか』なら何度も考えてきたことと思う。だけど、『どうしたら、職務質問から逃げられるか』を考えたことはないだろう。あるか？」

全員が首を横に振った。

「さてと、せっかく不審者になったんだ。ついでだから『職質から逃れる方法』ってのをやってみるか。そのためには職務質問をされなきゃな。――ではお願いします」

宮坂が口調を変え、こちらに向かって一礼をした。それを受け、制帽を被りながら風間が登壇すると、場が一層沸いた。

「お急ぎのところすみません」宮坂に近づきながら、風間は制帽の庇に手をやった。

「ちょっとお話をさせてもらってもよろしいでしょうか」

「急いでるんだけど」

「すぐにすみますので」

「しつこいなあ。困るんだよ」

宮坂は小道具として持参したセカンドバッグに手を入れた。そこから取り出したのは、折り畳み式の携帯電話だった。演習のための備品だが、通話ができないだけで、これ自体は家電の店で普通に売っている本物の端末だ。

その端末を開き、撮影をするジェスチャーをしてみせた。

「職質から逃げる方法その一。携帯電話で撮影すること。携帯は、さっと取り出すのがコツだ。いつまでも言葉で押し問答を続けていたら、応援を呼ばれて、あっという間に四、五人のコワいお巡りさんに取り囲まれるぞ。数で劣勢に立たされると、つい負けてしまうからな」

「撮影はやめてください」

打ち合わせにあった台詞を風間は口にした。

「どうしてですか。公務執行中の公務員に肖像権はないと聞いてますけどね」

「とにかく、バッグの中身を見せてもらえませんか」

「こんなふうに、相手があんまりしつこかったら、撮影をするよりも、こうする方が有効だ」

宮坂は風間に向けていた端末を顔の前に戻した。そうして番号を押す演技をしてから、それを耳に当ててみせる。

「どこにかけているか分かるか」

答えられる者はいなかった。

「警察の警察だよ。おれたちを取り締まっているところだな。要するに、県の公安委員会だ。――あ、もしもし、いま無理やり職質されているんですけど、いったいお宅さんのところは社員にどんな教育をしてるんですか」

職質をかけられた人間を、宮坂は妙な声色を使って演じた。耳障りな鼻声。半年前に彼が披露した久光の物真似《ものまね》の声もこんな調子だったが、そのときとはまたトーンが違っている。なかなか芸達者な男だ。

学生たちは笑い声を上げた。声の調子もさることながら、〝社員〟という言い回しがおかしかったせいかもしれない。

「実際のところは、おれのような一般人が公安委員会様にいきなり電話をしても、まともに取り合ってもらえないだろう。だけど、真摯《しんし》にこっちの訴えを聞いてもらっているといった具合に、電話口での演技を上手くやるんだ。そうすれば、職質の警官たちにかなりのプレッシャーを与えることができる」

この言葉に応じ、風間が一歩足を引いて見せたところ、続いて宮坂はセカンドバッグの中から一枚の紙を取り出した。

「これは何だと思う?」

やはり答えられる者はいない。

「たびたび職質を受けている〝職質され〟のプロの中には、県の公安委員会に抗議文を送るやつがいるんだな。公委では、寄せられた苦情に対して必ず回答書を出している。その回答書だよ」

宮坂はいったん書類に目をやり、わざとらしく呆《あき》れたような素振りで頭を掻《か》いてみせた。

「これに書いてある内容は、要するに『職質につきましては、あくまでも警職法に基づき実施するよう指導徹底していきます』といったものだ。お役所らしい空疎な文面に過ぎないんだが、慣れた者の中には、この紙を見せびらかして、逆にこっちにプレッシャーをかけてくるやつもいるんだ。本当だぞ」

宮坂も乗ってきたか、口から軽く唾を飛ばし、前のめりになって続けた。

「いまやってみせたのは、おれが交番に配属されてすぐに体験した職質の再現だ。カメラで撮影されるところまでは学校で勉強した。だけど、公安委員会に電話されるってのは予想していなかった。それに、公安委員会の回答書を突きつけられることもな」

宮坂はチョークを手にし、黒板に「心配」と記し、すぐにその字の上から力強くバツ印を描いた。

「つまり、この講演でおれが言いたいのは、あれこれ不安に思ってもしょうがない、ってことだ。おまえたちがどんな心配をしたところで、必ず思いがけないことが起きるから。いや、不意打ちだらけだから。だから、うおお、こんな予想外なことが起きたぞ、って具合に、前向きに興奮しなくちゃいけないんだな。意外性を楽しむ心。それを持てというのが今日の結論だ。——ここまではさすがの風間教官も教えてくれなかったろう」

学生たちは遠慮して頷かなかったが、たしかに宮坂のいた九十八期にも、今回の百二期にも、ここまでのケースについて説明した覚えはない。

宮坂がまたこちらを向いた。

「風間教官。お手数ですが、もう一度、職質をかけていただけますか」

その言葉に応じて風間が近づいていくと、宮坂は小道具のセカンドバッグを手にした。ファスナーを開け、中に手を入れる。

そんな宮坂の姿が、すっと視界の左側に消えた。

次の瞬間、風間は左の首筋に何かが軽く触れているのを感じた。軟らかく、鋭い。そんな矛盾した質感を持った代物だった。

「こういう事態もあるので、気をつけるように。おまえら全員、よく分かったな」

その言葉を受け、風間は一歩退いた。

宮坂がバッグから取り出したものは小刀だった。もちろん演習用の模造品だ。物に当たればすぐに折れ曲がるゴム製の刃。その切っ先を首に突きつけてきたのだった。

「ご協力、どうもありがとうございました」

宮坂の丁寧な辞儀を受けて、風間は壇上から退《の》いた。

「職質を終えて別れるときは、このように必ず相手に、協力してもらったことを感謝して、機嫌をなおしてもらうことも重要だからな。慣れていないときは、一仕事を終えた安心感で、これを忘れることが多いから注意しろ。バンカケのたびに敵を作っていたんじゃあ、あとあとやりにくくなるぞ」

40

壁の時計は午前八時を回っていた。

教職員の集合時間まであと十分。そろそろ卒業式の会場である講堂へ行かなければならない時間だが、優羽子は礼服を着たまま、まだ自席に座って鉛筆を動かしていた。

「遅れるぞ」

風間が声をかけても、彼女はA6サイズの画用紙から目を離さない。

「わたしにかまわず、お先にどうぞ」

「あと何人分残っているんだ」

訊きながら、風間は優羽子の手元を覗き込んだ。

「一人だけです」

優羽子が最後に手掛けている似顔絵――比嘉太偉智の顔は、もうほぼ出来上がりかけている。

「ならば、待っていよう」

B4の鉛筆が走る音が、人気《ひとけ》のない教官室に静かに響いた。

「手を動かしながらでいいから聞いてくれ」

「はい」

「覚えているか、だいぶ前に、学生たちに身長を訊ねたことを」

比嘉の上唇を描き入れながら、優羽子は、あっと声を漏らした。

「その意味を考えることは、わたしに与えられた課題でもありましたね」

「そのとおりだ」

「すみません。忙しさに紛れて、すっかり忘れてしま――」

「しかたがないさ」

何もかもがフルスピードで過ぎていく。ここはそんな嵐のような場所でもある。すべての課題をこなせる方がどうかしている。

「それで、いまなら分かるか？　その答えが」

鉛筆の先を比嘉の下唇に移しながら、優羽子は「まだです」と申し訳なさそうに首を小さく振った。

――自分で考えてみろ。

ことあるごとに、優羽子にはその言葉を放り投げてきた。

少し突き放しすぎたか、整った顔の輪郭が疲れのせいでやや崩れかけているようにも見受けられる。

「わたしは久光校長から言われていたよ」

「どんなことをですか」

「『助教を育てることも教官の仕事だ、学生たちをコントロールする技を惜しまずに教えてやれ』と。だから教えておこう。わたしからの最終講義は、助教、きみが対象者だ」

「お願いします」

「きみは、こんな話を聞いたことはないか。——ちょっと前に、プロ野球の首位打者だった外国人選手がいた。三冠王をとったこともある強打者で、どんな投手からもホームランを打ちまくっていた」

聞き漏らすまいと優羽子は体をこちらに傾け、耳を近づけてきた。一方、手元では少しも変わらないペースで鉛筆の音がしている。

「ある大学の心理学者が、彼にホームランを打たれた投手たちに質問した。『あの外国人選手の身長はどれくらいだと思うか』と。投手Aは一九〇センチ、投手Bは一九五センチ、投手Cは二〇〇センチと答えた。だが実際には、その外国人の背丈は一八〇センチしかなかった。つまり投手陣は、相手を実際よりずっと大きく見ていたことになる」

そこで風間は言葉を切った。

「それは要するに……」優羽子はフリーになっている方の指を顎に当てた。「強い相手は大きく見える、ということでしょうか」

「だいぶ疲れていると見えたが、まだ鈍り切ってはいないようだな。安心したよ。強い相手だけでなく、何らかの〝特別な〟相手は総じて大きく見えるものだ」

学生たちに主観でクラスメイトの身長を答えさせた。その回答表の束は、いま手元にある。どの学生がどの学生を大きく、あるいは小さく見ているのか。あの回答表は学生同士の人間関係を読み取る資料として大いに活用してきた。

かつて比嘉に優羽子の身長を当てさせた。一七三センチというのが彼の見積もりだったが、実際のところ優羽子の身長は一六五センチだった。

八センチほども大きく見えている優羽子は、比嘉にとって間違いなく特別な相手ということだ。

「そういうわけでしたか」

合点した素振りを見せたあと、優羽子の頬が、少し意地悪そうに持ち上がった。

「教官、一つお訊きしてもいいでしょうか」

「何だ」

「久光校長の身長は何センチだと思いますか」

意表をついた質問に、風間は返事に詰まった。

「答えてもらえます？」

「一七五……くらいじゃないか」

正解を知っているなら教えてくれないか。そう優羽子に目で促す。

気づかないふりを決め込むつもりの優羽子は、しばらく鉛筆を動かし続け、やがてぱっと顔を上げた。

「終わりましたっ」

伊佐木陶子の分を含めて全部で三十七枚。この数日間、わずかな空き時間をかすめ取るようにして描き上げた教え子たちの似顔絵を、優羽子は手早くそろえていく。

風間はその腕をそっと押さえた。

「あと一枚描いてくれないか」

この申し出に、優羽子はこちらの顔と壁の時計とを何度か見比べた。

「いいですよ。ただし、遅刻しても風間教官が謝ってくださるのなら」

この教官室から講堂まで、駆け足なら所要時間は一分ほどか。

「分かった。講堂で待っている人たちには、わたしが謝ろう。では頼む」

「誰の顔です？　校長でしょうか。それとも風間教官ご自身をお望みですか」

「その中から」風間は優羽子がそろえた三十七枚の画用紙に目を向けた。「二人分を抜き出してくれ」

「誰と誰です」

「伊佐木と杣だ」

優羽子が言われたとおりにした。

「いわゆる平均顔を作ってほしい」

「この二人の、ですか」

再び鉛筆を取ろうとしていた優羽子の手が、ぴたりと止まった。

「ああ」

この特殊な申し出には、さすがに慣れていなかったようだ。優羽子は二枚の画用紙を重ねると、窓際に歩み寄り、しばらく朝の陽光に照らして透かし見ていた。

そうして二重になった人相を目に焼き付けたあと、机に戻って一気に手を動かし始めた。

鉛筆の走る音は、先ほどまでと比べてテンポがやや遅い。正確な二重像を頭に浮かべるのは、それほど容易ではなさそうだ。

それでも集合時間の一分前には、その音は止まり、優羽子は顔を上げていた。

描き上がった顔は、陶子と杣、二人の特徴をバランスよく捉えていた。思ったとおり中性的だが、どちらかと言えば男に近い。

その顔を見つめながら、風間は呟いた。

「杣と伊佐木を育てるのは、きみだ」

41

卒業生が一人ずつ呼ばれ、その場に立ち上がる。総代に選ばれた兼村が、副校長から代表で証書を受け取る。そうした一連のセレモニーもすぐに終わり、兼村が答辞を読み始めた。

「この半年間さまざまな出来事がありましたが、わたしには、特に風間教官が立て続けに教えてくださった二つの話が印象に残っています。

一つは、雪山の話です。三人が遭難し、一人が先に下山してしまった。しかしそれは、自分だけが助かろうとしたのではなく、反対におのれを犠牲にして、ほかの二人を助けるための行為だった。

この話をすることで教官は、どんなにつらい目にあっても仲間が助けてくれるはずだ、ということを暗におっしゃったのだと思います。

そのすぐ後で、今度は、盗まれた自動車を発見した際、どう扱うかについての授業がありました。盗難車を見つけても、所有者からかえって迷惑がられ、批難されることがあると教えられ、わたしは驚きました。どんなときでも仲間が助けてくれる。そう思ってあらゆることを楽観しそうになっていたときですから、警察以外の一般人は味方とは限らないという厳しい現実を突きつけられ、一気に暗い気持ちになりました。

この授業の最後に、『どんな犯罪でも見て見ぬふりはしない警察官になれる自信はあるか』と問われ、わたしはこんなふうにしか手を挙げられませんでした」

ここで壇上の兼村は言葉を切り、右腕を九十度に曲げてみせた。

しばらくそうしてから、答辞の読み上げを再開する。

「以来、わたしはずっと自問自答を繰り返してきました。そのどっちつかずの気持ちは、昨日の晩まで続きました。そして卒業式を迎えた今日、わたしの気持ちはこうです」

兼村はもう一度言葉を切り、右腕を動かした。

その腕は――やはり直角に曲がったままだった。

「この腕がピンと上に伸びていくのか、それとも、人目から隠れるようにそっと下ろされるのか。それは、これからの警察官人生で自分が見つけていかなければならない答えだと思います」

兼村の答辞が終わると、卒業式典の行なわれている講堂は、〝微妙な〟としか言いようのない空気に包まれた。参列した学生の家族たちの誰もが、兼村の手がさっと高く上がることを期待していたはずで、さすがに彼らの間からは、ざわめきが聞こえてきた。

講堂を出て校庭での見送り式の場に向かいながら、風間は一人の学生に近づいていった。

「きみの感想を聞かせてもらえるか。兼村の答辞について」

話しかけた相手は伊佐木陶子だった。彼女には、卒業式に臨席するかどうかは自分で決めろと申し伝えてあった。

「ご家族たちは、腕が伸びなかったのが不満だったようだが」

「休学している身で偉そうに言えませんが……」

やはり肩身が狭いらしく、式典の間はずっと俯きがちだった陶子だが、ここで初めて顔を上げた。

「あれでいいのではないでしょうか」

「なぜそう思う」

「この半年間、この学校でみんながぶつかった問題というのは、どれも簡単に答えが出せるものなんでしょうか。そうではないような気がします」

「ありがとう」

風間は頷き、向こうへ行ってやれ、と目で伝えた。視線の先には杣が仲間たちに囲まれ、何やら囃《はや》し立てられている。

一礼して陶子が去った直後、ざっ、と人垣が崩れる気配があり、風間は斜め後ろを振り返った。

目に入ったのは電動式の車椅子だった。

座面に腰掛けた久光は、入院前に比べて、一回り小さくなったように感じられた。

今日の気温は二十五度前後だが、寒気がするのか首にマフラーを巻いている。まだ入院中の身だから、医師から特別に許可を得ての出席だ。女性の看護師が一人付き添っている。これは久光が今日の外出のために自費で雇ったスタッフらしい。そうしなければ外出が許されなかったのかもしれない。

「風間くん。知っているか」

顔を寄せてきた久光の声は、まだ横隔膜が上手く動かせないせいか、だいぶ嗄《か》れていた。

「何をでしょうか」

「車椅子の数え方だ。これはな、椅子ではあるが移動のための道具だから、一脚じゃない。一台だ。それが正解なんだよ」

「言われてみればそうですね」

「来期の講話ネタにどうだ、これ」

「覚えておきます」

「それにしても、よく全員を卒業させたな。普通に考えたら、ありえんことだ。特に卒配間際になると、不安にかられて逃げ出すように退校する学生が出てくるものだがな」

「運がよかったまでです。校長がおっしゃったとおり、今期は、いい学生に恵まれました」

「しかし杣は、はっきりと辞意を表明していただろう。爆発物を作ろうとしてみたり、いろいろ手の込んだことまでして」

「ええ」

「それを土壇場でひっくり返した。――教えろ。いったいどんな手品を使ったんだ」

「どうということはありません。刑事時代の経験を生かしただけです」

「と言うと？」

「情に訴えて自首させました」

気がつくと、その久光が薄く笑っていた。

「どうかしましたか」

「風間くん。たぶんきみはいま、してやったりと得意になっているだろう。しかし、おれだって何も知らんわけじゃないからな」

久光は人差し指を鉤形《かぎがた》に曲げた。こっちの口にもっと耳を寄せろ。そう言っているようだ。

風間は腰を折った。

「今期の風間教場には、他の誰よりも強く退校したいと思っている者がいた」

いったん久光の体から顔を離し、誰です、と目で問うた。

「それは、きみが一番よく知っているだろう」

再び姿勢を低くして、風間は無言で次の言葉を待った。

「いつからだね。その目が見えなくなったのは」

「右目を失ったのは、刑事時代に平助教とコンビを組んでいたときのことです」

「いや、おれが言っているのは、そっちじゃない」

久光の右肩が動いた。何ごとかと思う間もなく、風間は顔の左側に風圧を感じていた。

少し上半身を起こして状況が分かった。久光が車椅子に座ったまま、こちらの左の横顔を目がけ、右腕で不意に手刀を繰り出してきたのだった。

「これしきの攻撃は、軽くよけていたはずだぞ。以前のきみだったらな」

久光は、寸止めした右手をゆっくりと下ろした。

「左目の視野が極端に欠けているようだな」

そのとおりだった。症状に気づいたのは半年前だ。学生たちが入校して間もなくの頃だった。

密かに医師にかかり、可能なかぎり病状の進行を抑えてきたつもりだが、視野は恐ろしいほどの勢いで欠けていった。

この体調で十分な指導ができるのか……。葛藤したが、続けると決めた。

休養して症状が改善するとは考えられなかったし、何より担任教官が途中で脱落しては、学生たちの士気に影響する。

「医療技術は日進月歩だ。希望は捨てるなよ」それに、医学で説明できない回復例はどんな病状にもあるとも聞く。希望は捨てるなよ」

「そうします」

「きみの目に気づいていたのはわたしだけじゃない。昨日、宮坂も同じことをやっただろう。職質を実演してみせた最後の方でな」

ミニ講演会の様子は、すでに久光の耳に入っているようだった。

「あれも申し合わせのうちか？」

「いいえ」

宮坂が最後に見せた不意打ちのパフォーマンスは、事前の打ち合わせになかったものだから、正直なところ驚いた。

「宮坂も、いまわたしがやったように、試したわけだ。きみの左目がちゃんと見えているかどうかを心配してな」

風間が静かに頷いたとき、虫の翅音がし、肩に何かが触れた。オニヤンマだった。

「あれは、宮坂が自分の考えでやったことだと思うか」

「いいえ。そうは思えません。おそらく平助教の指示でしょう」

肩のトンボを風間は静かに払った。先日の教官室で、このヤンマ科が見えなかったことで、優羽子もこちらの目の異常に思い当たったのかもしれない。

「気づいている人間はほかにもいるぞ」

「誰ですか」

この問い掛けに久光は答えなかった。代わって、ごく薄く涙を浮かべた目をグラウンドの方へ向ける。視線の先では、卒業していく教え子たちが別れを惜しんで握手をし合っていた。

「なあ、風間くん。いままで生きてきて、きみは奇跡に恵まれたことがあるか」

「いいえ」

偶然に助けられた経験なら人並みにしているだろうが、取り立てて言うほどのことは記憶にない。

「ほう。すると、強いて言うなら、今回全員を卒業させられたことぐらいか」

「そうですね」

「いや、違うな。自分に都合のいい奇跡なんぞは、まず起きん。特に、こういう大事な局面ではな」

久光の口調がややきつくなった。とはいえ、視線はまだ学生たちの方へ向け続けている。

「ありえんことが起きるためには、それなりの理由がなければならないんだよ。絶対に」

久光の言わんとしていることがまだ見えない。辛抱強く、風間は次の言葉を待った。

「こうは思わないか、風間くん」

久光の顔がようやくこちらへ向き直った。

「ほとんど目が見えなくても、ここまでやれる。そんなきみの無言の教えが、学生たちを勇気づけた。だから脱落者がいなかった、と」

それこそありえない、と風間は思った。

学生たちの士気が下がらないよう、目の不調については慎重に隠し通してきたのだ。気づかれているはずはない……。

「わたし、教官に謝らないといけません」

突然聞こえたその声に体を捻ると、いつの間にか優羽子がすぐ背後に立っていた。

「実は昨日の――」

「分かっている。何も言うな」

「杣巡査、伊佐木巡査、結婚おめでとう」

学生たちの輪の中で、誰かが大声を上げたかと思うと、皆が一人を胴上げし始めた。されているのは杣だった。

風間は校庭の学生たちに向き直った。

自分はいずれ、完全に失明するかもしれない。その前に、せめてこの光景は忘れずに焼き付けておきたかった。

やがて、グラウンドに各署の車が迎えに来た。

車に乗り込む前に、教え子たちが風間と優羽子に向かって横一列になった。最後に全員が並んで敬礼をするつもりのようだ。

そのとき、三十六人の真ん中あたりにいた学生の一人が突然、

「それじゃ駄目だろ」

と言い出し、両端に向かって手招きを始めた。

「ああ、そうだったな」

何かを思い出した様子で、端にいた学生たちが駈《か》け足で真ん中へと寄ってきた。

「もっと詰めろ、もっと固まれ」

各自が口々に言い合い、男女関係なく学生たちは体を寄せ合う。

ほどなくして、ぎゅうぎゅう詰めになった制服の固まりができた。その固まりを作

った面々は、前列にいた者から順に姿勢を低くし、全員の顔が風間に見えるようにした。

ばっ、と空気の振動が伝わってきた。

全員一斉の敬礼は、それほど動きがそろっていた。

不覚にも、返礼を忘れている自分に気づき、風間は内心で少し動揺し、やがて苦笑した。

狭くなった視野の中でも、誰一人漏れることなくすべての顔が見えるように——学生たちが最後に見せてくれた行動に対し、風間は感謝を込めて静かに敬礼を返した。

エピローグ

教官室から職員用の昇降口までの百五十歩。その中間地点、七十五歩を進んだところで風間公親は足を止めた。

顔を校内掲示板の方へ向ける。

かろうじて光だけをぼんやりと感じる左目で、訃報用のスペースが空かどうかを探った。

「安心してください」

傍らにいた優羽子がそう言葉をかけてきたが、最後まで聞く必要はなかった。安心の「あ」を耳にした時点で、特別な抑揚のないその口調から、すぐに分かったからだ。

今日もどうにか、恐れている知らせを受けずに済んだことを。

右目の視力を失って以来、敏感さを増した聴覚は、もう片方の視力も失いつつあるいま、さらに冴《さ》える一方だった。

その耳が、若い足音を捉えた。昇降口の方からだ。衣擦《きぬず》れの音から、着ているものはジャージだと分かる。かすかに砂埃の匂いもした。学生たちは、こうして外の空気を運んでくる。

「注意報告をお届けに来ました」

声は杣瑞菜のものだった。

「ここでお渡ししてもよろしいでしょうか」

「ありがとう」

瑞菜の声のする方へ、風間は手を伸ばした。受け取った封筒の厚みはそれほどでもない。今日の報告は五通といったところか。やや張り合いがない。

「どう？　調子は」優羽子が訊ねる。「入校からもう三週間だから、少しは慣れたかな」

「……それが、あまり」

瑞菜の口ごもる気配は、なぜか兄をはっきりと思い出させた。杣利希斗も、ある面では優秀だったが、どこかもごもごと摑みどころのない不思議な男だった。

「正直に言いますと、この先やっていけるかどうか、自信が持てません」

優羽子がこちらを向いたのが分かった。どうしますか、と目で訊いているようだ。

きみが指導してやれ、の意をこめて頷きを返す。

「じゃあ、ちょっと目をつぶってごらん」

優羽子の言葉に、瑞菜が従ったのが分かった。目蓋《まぶた》を閉じた音すら聞こえたような気がしたのだ。しかし、いくら聴覚が鋭いとはいえ、さすがにこれは錯覚だったかもしれない。

「どれぐらいあると思う？」

「何がでしょうか」

「わたしの身長」

瑞菜の足元で軽い音がした。立ち位置を変えたようだ。意外な質問に戸惑い、無意識のうちに足が動いたか。

「……一七〇センチぐらいだと思います」

「目を開けて」

はっ、と短い空気音がした。瑞菜がかすかに息を飲んだようだ。

「あなたの目の前で、こう拳銃を持っている犯人がいたとする」

この台詞で、優羽子はいま、瑞菜に向かって銃口を向けるふりをしているのだと分かった。目を開けたとたん、こんな真似をされていたのでは、誰しも多少は驚くだろう。

「さて、この銃を捨てるように命じるなら、どう声をかけるか。直感的に答えてみなさい」

「持っているものを捨てなさい……でしょうか」

「やるじゃない」

その声とともに、優羽子の手が動いた気配があった。合格だと指で丸を作ったのかもしれない。

「もしかして、答えを事前に、お兄さんから聞いていたのかな」

「いいえ。直感的にとおっしゃったので、ぱっと思いついた言葉を口にしただけです」

「そう。何はともあれ、あなたの答えが正解。『銃を捨てろ』とは言わない方がいい。その癖がついてしまうと、相手が銃以外の凶器を持っていた場合にややこしくなってしまうから」

瑞菜が口をぱっ、と開いたようだ。ああ、そういうことか、といま納得したのだろう。

「あなたは素質がある。だから自信を持っていいよ」

「分かりました。——ですが、身長に関するご質問は、どんな意味があったのでしょうか」

「半年後の卒業のときになったら、もう一度目をつぶって、わたしの身長が何センチあるか予想してごらん。そのとき、きっとあなたは、一七〇センチ以下の数値を答えるはずだから」

「……すみません。まだよく分かりませんが、分かりました」自分の言葉がおかしかったのか、瑞菜は短く笑い声を上げた。「覚えておきます。その日まで」

もう一度、優羽子の視線を感じた。こんな指導でいいでしょうか、と問うている。

風間は表情に思いを込めた。

——上出来だ。それから、もうわたしにいちいち伺いを立てるな。その必要はないのだから……。

「お時間をとらせて申し訳ありませんでした」

瑞菜の辞儀は、軽い風切り音をさせるほどの勢いだった。

「では失礼します。平教官、風間助教」

《参考文献》

『「戦争」の心理学』デーヴ・グロスマン、ローレン・W・クリステンセン（二見書房）
『警察署の内幕』杉浦 生（講談社）
『日本警察』久保博司（講談社）
『警察学校が怖い ダメ警官の正直日記』桧室美津雪（風媒社）
『アフガニスタンの診療所から』中村 哲（筑摩書房）
『青い象のことだけは考えないで！』トルステン・ハーフェナー、ミヒャエル・シュピッツバート（サンマーク出版）
『図解でわかる日本の裏社会』（ミリオン出版）
『100のボツから1のアイデアを生み出す天才の思考術』ジェイムズ・バナーマン（アルファポリス）
『ぼくの住まい論』内田 樹（新潮社）
『喧嘩芸骨法』堀辺正史（二見書房）
『オタクのための格闘術』海月一彦（夏目書房）
『SASセキュリティ・ハンドブック』アンドルー・ケイン、ネイル・ハンソン（原書房）
『正座と日本人』丁 宗鐵（講談社）

※本作品はフィクションであり、登場する人物・団体・事件等は、すべて架空のものです。

―本書のプロフィール―

本書は、二〇一九年十二月に小学館より単行本として刊行された同名小説を改稿し文庫化したものです。

小学館文庫

風間教場《かざまきょうじょう》

著者 長岡弘樹《ながおかひろき》

二〇二〇年十二月十三日 初版第一刷発行
二〇二三年三月十八日 第二刷発行

発行人 石川和男
発行所 株式会社 小学館
〒一〇一－八〇〇一
東京都千代田区一ツ橋二－三－一
電話 編集〇三－三二三〇－五九五九
販売〇三－五二八一－三五五五
印刷所 ――――― 大日本印刷株式会社

この文庫の詳しい内容はインターネットで24時間ご覧になれます。
小学館公式ホームページ https://www.shogakukan.co.jp

ISBN978-4-09-406852-8